Meine Freunde auf vier Pfoten
Samtpfoten- und Hunde-Storys
Teil 2

Ellen Rot

Alle Rechte der Verbreitung obliegen der Autorin Ellen Rot. Nach-druck und sämtliche Weiterverwendung (Film, Funk, Interviews, Fernsehen, fotomechanische Wiedergabe, Tonträger, elektronische Datenträger) – auch auszugsweise – Nachdrucke/ Kopien und/oder Interpretation meiner Texte nur mit ausdrücklicher Genehmigung der Autorin.

©2016 Ellen Rot

Ein herzliches Dankeschön für die Spende geht an:
https://www.facebook.com/Tierportraits-Helga-Fiedler-142694749221340/timeline
Die Cover-Bilder von ©Helga Fiedler unterliegen dem Urheberrecht.

Quelle Bilder: Privat und Pixabay.de

Lektorat, Korrektorat & Buchlayout:
Lektorat Buchstabenpuzzle Bianca Karwatt
www.lektorat-buchstabenpuzzle.de

Bibliografische Information der Deutschen Nationalbibliothek: Die Deutsche Nationalbibliothek verzeichnet diese Publikation in der Deutschen Nationalbibliografie; detaillierte bibliografische Daten sind im Internet über http://dnb.de abrufbar.

Herstellung und Verlag: BoD – Books on Demand, Norderstedt

ISBN: 978-3-7431-1784-6

Meine Freunde auf vier Pfoten

Samtpfoten- und Hunde-Storys
Teil 2

Ellen Rot

Inhalt

Inhalt 5
Prolog 7
Piggys Erlebnisse mit dem Katzentrio 8
Nächtlicher Wolfsgesang 13
Der Tod 32
Der Blonde 58
Ein Wochenende mit Kali 66
Piggy verguckt sich in den Blonden 75
Eine schlaflose Nacht mit Kali 83
Fuchs, Igel und andere Geschichten 90
Der Vogel im Garten 102
Die Glühbirnen im Garten 110
Ein Herbsttag 118
Meine Piggy verlässt mich 123
Ein schwerer Gang 136
Ein Welpe 146
Ein Welpe kommt selten allein 170
Ein Spaziergang mit zwei Welpen 179
Die Welpenschule mal zwei 186
Die Erziehung geht weiter 208
Der erste Winter mit den Hunden 218
Es muss funktionieren 226
Den Hunden Manieren beibringen 237
Minouche 242

Nachtrag 266
Über die Autorin 269

Prolog

Ohne ein paar Tierhaare ist man nicht richtig angezogen ...

Ellen Rot nimmt Sie mit und zeigt Ihnen, was sie alles mit ihren Katzen und Hunden erlebt.

Mit den eigenen Vierbeiner, die ihr mit etlichen Überraschungen aufwarten.

Sie nie schlechter Laune begrüßen. Mit ihr das Leben teilen. Ihr gesamtes Leben treu zur Seite stehen. Ihre Beute zu jeglicher Zeit darbieten.

Gedankt wird es durch die ganze Liebe und deren grenzenloses Vertrauen.

Ein Dasein ohne Tiere? Wo wäre die Welt jetzt?

Die Natur kann ohne Menschen auskommen, doch der Mensch niemals ohne die Natur.

Piggys Erlebnisse mit dem Katzentrio

Heute ist so ein Tag. Man spürt intuitiv, dass etwas nicht stimmt. Auf mein Bauchgefühl kann ich mich im Großen und Ganzen verlassen.

Normalerweise liegen an einem solchen Frühsommertag die Katzen im Garten. Lassen sich ihren Pelz von den Sonnenstrahlen wärmen. Keine der Katzen ist weit und breit zu sehen. Mucksmäuschenstill ist es, was auf jeden Fall darauf hinweist, dass etwas nicht stimmt. Vorsichtig schließe ich die Haustür auf. Weder Hund noch Katzen kommen angerast, um mich zu begrüßen. Da muss etwas vorgefallen sein. Mein Frühwarnsystem meldet sich prompt. Sämtliche Alarmglocken in mir, beginnen mich vorzuwarnen.

Was um Himmels willen ist hier los? Betritt man das Haus, erstreckt sich der Blick vom Korridor bis hin zur Küche. Im Flur steht einer der Katzenkratzbäume. Auf der obersten Ablage liegt eine mir unbekannte Katze. Sofort denke ich bei ihrem Anblick an den sozialdenkenden Maudi. Hat er es zum wiederholten Mal getan? Fremdlinge zu sich eingeladen? Die dreifarbige Glückskatze liegt zusammengerollt auf der Aussichtsplattform. Sie schläft so tief und fest, dass sie mich nicht hört. Die muss ja total übermüdet sein, dass sie mich nicht wahrnimmt.

Jetzt erkenne ich in der Küche auf ihrem Lieblingsplatz Piggy. Auch die Hündin total erschöpft, schläft, schnarcht leise, hört und spürt mein Dasein nicht.

Auf der Eckbank schlummert Minouche genauso müde, wie ich die anderen vorfinde. Tigerlein liegt auf einem der Stühle. Der Stuhl ist nahe zum Tisch geschoben, auf dessen Sitzfläche schläft das Kätzchen.

Was ist hier vorgefallen? Die verrücktesten Gedanken kreisen durch meinen Kopf. Ängstlich betrete ich das Wohnzimmer. Was für ein Bild sich mir hier bietet, erklärt, warum unsere Haustiere alle so übermüdet, ausgepowert, erschöpft sind.

Abends, wenn ich nicht zur Ruhe komme, stricke ich. Das Strickzeug, ein Pullover für meinen Mann, liegt seit Tagen in einem Körbchen. Die Abdeckung zum Korb ist durch einen Stupser leicht beiseitezuschieben. Hauptsache zu, Staub geschützt und wie ich dachte, katzensicher.

Unsere intelligente Hündin habe ich wohl leicht unterschätzt. War das ein gemeinsames Werk? Eine Verschwörung? Die ›Bande‹ hat lückenlose Arbeit geleistet. Wer der Anführer oder die Anführerin war, ist mir im Moment egal. Es sieht aus, wie nach einer ausgiebig gefeierten Silvester-Party. Wenn zahlreiche

Papierschlangen zum Einsatz kommen, die mit Vergnügen durch die Gegend gepustet werden.

Ich sehe nur Wolle, überall Wolle. Tischbeine, Stühle, Pflanzen und der Katzenbaum eingewickelt in Wolle. Vom Pullover, in den ich viele Stunden investiert habe, ist nichts mehr heil. Für das spezielle, eingestrickte Muster habe ich Abende gebraucht. Drei Farben, die sich im Muster wiederholen mussten, alles zunichtegemacht. Zerzaust, zerrupft, zerrissen. Einzelne Wollfäden, die sich wie ein Spinnennetz durch das ganze Wohnzimmer miteinander vernetzt haben. Verständlich, dass alle Stubentiger müde sind.

Wie sagt man so schön: Ist Frauchen aus dem Haus, tanzen die Mäuse. Hier waren Hund und Katzen am Werk. Wer die Tat vollbracht hat, bleibt ein Rätsel. Spaß hatte die Bande eindeutig.

Ich hingegen lasse die Strickerei für die nächsten Wochen. Mit dieser nassen verfilzten Wolle, kann ich eh nicht mehr von vorne beginnen. Und ehrlich gesagt, ist mir die Lust darauf buchstäblich vergangen. Ich muss jetzt das Chaos in Angriff nehmen und lautstark fluchend beseitigen.

Vom Lärm aufgewacht, kommt einer schon mal angeschlichen. Stiehlt sich auf den Kratzbaum, blinzelt zu mir hinunter. Glaubt er, ich sehe ihn nicht, wenn er sich auf der obersten Ablage zusammenrollt?

Maudi scharwenzelt um meine Beine, will er mich beruhigen? Ablenken? Ich strafe ihn mit nicht beachten.

Piggy, Minouche und Tigerlein folgen. Nicht zur Kenntnis nehmen, mich so verhalten, als wäre keines der Haustiere anwesend. Ich weiß, dass das die größte Strafe für Hund und Katzen ist.

Aus den Augenwinkeln beobachte ich, was nun geschieht. Kommunizieren die miteinander? Können Hund und Katzen die Sprache der anderen Gattung? Allesamt Fremdsprachengenies?

Es sieht wahrhaftig so aus, als berate sich die Bande. Piggy wird buchstäblich vorgeschoben, so stelle ich mir das vor, mit der Ermahnung: »Richte du das mal mit Frauchen. Teste aus, wie sauer sie ist.«

So leicht lasse ich mich nicht umstimmen. Wer mich mit einem solchen Durcheinander empfängt, muss etwas büßen. Im Innersten muss ich über den Unfug lachen, den mir unsere Haustiere darboten.

Den Pullover werde ich im nächsten Winter neu beginnen. Es kann auch sein, dass ich das Stricken, solange wir Katzen und Hund im Haus haben, ganz lasse. Das wird mir viel Ärger ersparen.

Die Glückskatze bringe ich der Besitzerin zurück. Die aber gar nicht erfreut darüber ist. Sie möchte die

Katze nicht mehr. Der Tierarzt wollte das Glückskätzchen auch nicht einfach so ohne Grund einschläfern. Also hat sie das Büsi hemmungslos ausgesetzt. Nun ja, es ist jetzt unsere ... Was wir noch nicht wissen, dass das Kätzchen urplötzlich nicht mehr nach Hause kommt ...

Nächtlicher Wolfsgesang

Auf unseren täglichen, ausgiebigen Spaziergängen lernen wir andere Hundebesitzer kennen. Für Piggy muss es sich anfühlen wie eine Fitness-Stunde. Mit anderen Artgenossen jeglicher Größen, Rassen, verschiedensten Temperamenten zu spielen. Herumtollen auf den frisch abgemähten Feldern. Sich mit den anderen im feuchten Erdreich wälzen. Zum Abkühlen legt sie sich oft in Pfützen. Geht auf Spurensuche, über Wurzelwerk, klettert über am Boden liegende Baumstämme. Die Hundebande tobt sich aus. Wir Hundehalter können nur eines tun, uns in Sicherheit bringen. Wehe, wenn das Rudel losgelassen wird.

Die kennen keine Handbremse, nein, die rennen direkt auf uns los. Nur um Haaresbreite an unseren Beinen vorbei zu spurten, auszuweichen. Sie hören unser Rufen, den Befehl ›Stopp‹ nicht mehr.

Hier im Wald und auf den Feldern dürfen sie Hunde sein. Austoben, auspowern, ihre uneingeschränkte Energie mit einbringen. Wir Frauen, Männer und Kinder sitzen auf Holzbänken oder den Überresten eines Baumes, die noch aus der Erde ragen. Schauen dem Treiben zu, lachen und teilen unsere Erfahrungen aus.

Bei einem solchen Spaziergang, der auch für uns einer Trainingsstunde gleicht, treffen wir auf Rudi. Sein Hund, ein Rüde namens Rexi, gehört mit seinen fünfzehn Jahren zu einem der betagtesten. Rexi ist für sein Alter immer noch sehr agil. Ein Problem ist jedoch vor einigen Monaten aufgetreten. Rexi wurde taub.

Rexis Herrchen hat ihn schon als Welpe mit Handzeichen erzogen. Rudi erklärt mir, dass er sich zu jedem Befehl ein Handzeichen ausgedacht hat. Was zu Beginn von anderen Hundehaltern belächelt wurde, erweist sich nun als Rettung für Hund und Meister.

So gehorcht der Senior-Rüde heute auf einen Wink seines Herrchens. Eine geniale Idee, die ich sogleich bei unserer Piggy umsetze. Sie begreift rasch.

Die rechte Hand heben, Handfläche gegen den Hund richten, heißt: ›Stopp‹, ›Warten‹. Den Zeigefinger emporstrecken: ›Achtung‹. Ich entwickle für unsere Piggy ihre eigene Gebärdensprache. Man kann nie wissen, wie sich ein Hund im Alter entwickelt. Immer mehr Handzeichen lernt sie: Bleib, Sitz, Platz, Still, gib Laut, komm - um nur ein paar zu nennen.

Piggy verhält sich seit zwei Tagen sehr eigenartig. Streicht man ihr über den Kopf, über den Rücken bis hin zum Schweifanfang, beginnt sie die Augen zu verdrehen. Legt ihre Rute auf eine Seite, sodass ein Rüde direkt zum Zuge käme. Der Akt der Liebe kann, so wie sich Piggy verhält, sofort beginnen. Jetzt erst sehe ich winzige Blutstropfen auf den Fliesen, die Piggy hinterlässt. Au, Backe, auch das noch. Jetzt darf nur nichts schief gehen.

Muss das jetzt auch noch sein? Ausgerechnet jetzt? Ich rufe unverzüglich den Tierarzt an, um zu fragen, was zu tun ist. Eine Operation kommt erst einmal nicht in Frage.

Seiner Meinung nach, ist es besser, eine Hündin einmal ›hitzig‹ werden zu lassen. Erst darauf wird er sie sterilisieren. Ich hätte ihr vorher eine Spritze oder Tabletten geben können, damit ›NICHTS‹ passiert. Diesen Zeitpunkt, den habe ich verpasst.

Ich soll mit Piggy vorbei kommen und ein Spezialhöschen für ›läufige‹ Hündinnen kaufen. Die sind nicht Hundertprozent sicher, aber immerhin.

»Sie müssen abgesehen davon sehr aufmerksam sein. So fällt es einem Rüden doch etwas schwerer, seinen Akt zu vollziehen«, lacht der Tierarzt. Insgeheim läuft mein Kopfkino, das ich nun besser nicht niederschreibe.

Täglich unternehmen wir trotz der ›Läufigkeit‹ Spaziergänge in den Wald oder an den naheliegenden Bach. Stundenlang laufen wir querfeldein. Doch bevor wir das Haus verlassen, wird Piggy das sexy

Höschen verpasst. Bis zu jenem bedeutungsvollen Tag. Urplötzlich begleitet uns der Hofhund von unserem Nachbarn, dem Bauern.

Es gesellen sich andere Hunde dazu. Alle wollen sie nur das EINE! An Piggys heikler Stelle schnuppern, um sie anschließend zu begatten. Jaulend, heulend, sabbernd, jammernd verfolgt das Rudel uns. Mit ihren Nasen versucht das wildgewordene Rudel, Piggys Höschen beiseitezuschieben. Möchten auf der Hündin reiten, was um Himmelswillen soll das denn? Eine ›Peepshow‹ mitten auf dem weitläufigen Feld? Kann ich nun Eintritt verlangen? Was wäre denn, wenn ich ihr Strapse dazu angezogen hätte, würden dann noch mehr Rüden auf den Geschmack kommen? Könnte ich so mein Taschengeld aufbessern? Die unmöglichsten Bilder gehen mir durch den Kopf. Wäre die Situation nicht so bitterernst, müsste ich lachen.

Unterhalb auf dem Feldweg bleiben Leute stehen, erkennen wohl den Ernst der Lage nicht. Es sind keine Hundehalter. Die Gruppe der Landfrauen, die nun belustigend stehen bleiben. Zu uns auf das Feld hochblickt - Kommentare inklusive.

Die ›Gaffer‹ halten uns auf. Die nichts Besseres zu tun haben, als ihre Meinung zu äußern. »Jö lueg e-mol, die si de herzig.« Guck einmal, sind die nicht herzig? Von ›Tuten und Blasen‹ keinerlei Ahnung haben, was ich hier gerade zu verhindern versuche.

Landfrauen sollten doch Bescheid wissen? Keine der Damen kommt mir zu Hilfe, nein, lachend stellen sie sich in Position, möchte doch keine das Schauspiel verpassen. Wann ist denn schon mal etwas so Spannendes los, auf ihrem morgendlichen Spaziergang?

Piggy währenddessen genießt die Aufmerksamkeit der durchgeknallten Rüden sehr. Kann sie doch die Auswahl ihres Liebsten treffen. Für welchen sie sich entscheidet, das weiß nur sie.

Nichts wie weg von hier, was sich als sehr schwierig herausstellt. Die Rüden kleben buchstäblich an Piggys Hinterteil. Es darf nicht passieren, nein, bitte nicht noch trächtig werden.

Hochheben kann ich sie nicht, wie auch. Piggy in meinen Armen, zehn Hunde an meiner Jeans? So rasch, wie es für uns machbar ist, zurück in den heimischen Garten, in die vermeintliche Sicherheit.

Immer wieder versuche ich, die aufdringliche Bande von Piggy fernzuhalten. Schüttle mal mein linkes, mal mein rechtes Bein.

Nach einem nicht enden wollenden Kampf mit der Meute, erreichen wir unser Grundstück. Ich total verschwitzt, nervös, verschmutzt. Ein seltsamer Duft haftet an mir, mehrere undefinierbare Flecken zieren meine Jeans. Piggys Mimik verrät mir viel, sehr viel. Ist sie verliebt? Ihr Fell total zerzaust. Würde man dieses in Pink umfärben, sähe sie einem Punker sehr ähnlich. Die Augen verklärt zu einem Silberblick, sie wälzt sich im Rasen auf den Rücken, rekelt sich unaufhörlich. Gibt ungewöhnliche Laute von sich, die sich wie ein Grunzen anhören.

Ich muss mich umziehen, kann jedoch die ›heiße‹ Piggy nicht unbeaufsichtigt hier draußen im Garten zurücklassen. Zu niedrig ist der Zaun, ein leichtes für einen verliebten Streuner über diesen springen. Wie problemlos lässt sich Piggy dann bespringen? Nein, das ist mir zu riskant. »Ab ins Haus mit dir, du verliebtes Mädchen«, rede ich wieder einmal auf den Vierbeiner ein.

Sie folgt mir widerwillig. Offensichtlich hat sie sich mit einem der verknallten Kerle heimlich verabredet, als ich die Meute mit diversen Lauten wie: »Gsch, gsch, hopp, weg da« verscheucht habe. Glücklich ist sie nicht, dass sie mir gehorchen muss. »Bist du so ein leichtes Mädchen? Eine, die für jeden sofort zu haben ist? Schäme dich«, schwatze ich auf sie ein.

Zusammen verbringen wir den Tag, keine Sekunde lass ich Piggy aus den Augen. Wir möchten KEINE Welpen. Der Tag neigt sich zu Ende, die Nacht bricht rein. Wir, die Familie, sitzen gemütlich zusammen, umringt von drei Katzen, die uns unsere Plätze streitig machen möchten. Zu Füssen Miss Piggy, die nun endlich friedlich ruht. Sie schläft und ist sichtlich mit ihren Gedanken woanders. Ihre Pfoten zucken hektisch. Ihre Augenlider flattern und sie gibt urkomische Laute von sich. Zu gerne wüsste ich, was und vor allem, von wem sie träumt.

Stunden später. Mitten in der Nacht, alle schlafen tief und fest, werden mein Mann und ich abrupt aus dem Land der Träume gerissen. Ein ohrenbetäubendes Wolfsgeheul, ein Jaulen, bei dem jeder Gänsehaut erhält. Fenster zu klirren beginnen. Piggy ist sofort in den Startlöchern, möchte zu ihrem Liebsten sputen.

Kopfkissen über den Kopf ziehen funktioniert nicht. Ohren zuhalten auch nicht. Unheimliche, nicht aufhörende Laute, die aus dem Garten zu uns ins Schlafzimmer dringen. Wir treten zum Fenster. Was wir zu sehen bekommen? Romeo und Julia?

Ein durch und durch verwahrloster Hund sitzt in unserem Garten. Heult sich die Seele aus dem Leib. Noch nie zuvor ist uns ein derartiges Tier im Quartier oder auf unseren Spaziergängen aufgefallen. Verfilzt ist sein schwarzes, krauses Fell. Dicke Fellklumpen fallen an ihm herunter. Eine Schönheit ist der Rüde nicht im Entferntesten.

»So zottelig wie der aussieht, ist das ein zweiter Yeti? Oder gar ein übrig gebliebener 68er? Ein Hippie-Streuner? Schau genau hin, Schatz, hat er nicht

Blümchen in den verfilzten Zapfenlocken? Steckt nicht zufällig ein Joint in seiner Schnauze? Definitiv stammt er noch aus ›Woodstock‹, der Hippiebewegung«, lacht mein Mann.

Mir ist es nicht zum Lachen. Der Rüde scheint nie einatmen zu müssen. Er jault, jammert, heult, winselt und stimmt von Neuem in sein Wolfsgeheul ein. Pausenlos.

Piggy scheint ganz verzückt zu lauschen. Wie kann sie nur? Warum nur verliebt sie sich ausgerechnet in ein 68er-Model? Äußerlichkeiten sind doch in der Tierwelt wichtig. Piggy scheint da ein Sonderfall zu sein. Wie soll man bei der Geräuschkulisse schlafen? Das Theater, was milde ausgedrückt ist, findet fortan jede Nacht statt.

Immer mehr fremde Rüden gesellen sich dazu. Für mein musikalisches Gehör ist es des Guten zu viel. Der eine jault mit tiefer Stimme, der andere winselt schrill. Wieder ein anderer versetzt sich in die Lage eines Wolfes, nur heult er nicht den Mond an, er meint Piggy.

Jetzt erscheint das lüsterne Rudel auch tagsüber, was es uns fast unmöglich macht, mit Piggy Gassi zu gehen. Es bleibt mir nichts anderes übrig, als mithilfe des Wasserschlauches die Verliebten zu vertreiben. Mit urigen Geräuschen, die ich von mir gebe, versuche ich, die liebestolle Meute zu verjagen.

»Gsch, gsch, chrr, haut ab, husch. Zischt ab. Verzieht euch.« Doch wo die Liebe hinfällt, da gibt es keine Grenzen. Auch keine noch so hohe und kalte Wasserfontäne kann den 68er zurückhalten. Ebenso meine Schreie überhört er geflissentlich.

»Nun ja, Schatz, wenn er wahrhaftig aus den 68ern stammt, kann eh nix mehr passieren. Wird wohl seine Manneskraft zu wünschen übrig lassen. Mach dir also keine Sorgen, es wird schon schief gehen«, grinst mich mein Gatte an.

Was für ein Trost. Eines ist uns allen klar, sobald es irgendwie möglich ist, geht es ab zum Tierarzt mit der Hündin. So stürmisch der Spuk begann, so rasch ist er vorüber.

Ruhe kehrt ein. Nur ein winziges Detail ist zurückgeblieben: Der 68er besucht seine Angebetete nach wie vor mindestens einmal die Woche. Der Wuschel, wie ich den 68er nenne, begleitet uns fortan auf allen Spaziergängen. Treffen wir andere Personen, spreche ich diese auf den neben mir hergehenden, wandelnden ›Flohzirkus‹ an. Erkundige mich, wem das ungepflegte Tier gehört. Niemand kennt den Besitzer.

Doch dann treffen wir auf eine Frau, die mit ihrem Leiterwägelchen Holz für ihre Heizung einsammelt. Sie kann die gewünschte Auskunft geben.

»Ja, ja, das ist schon bitter. Das Tier stammt von einem genauso verwahrlosten Bauernhof. Kilometer weit entfernt. Zwei Dörfer entfernt von unserem Wohnort. Der betagte Mann sei gebrechlich und alleinstehend. Der einzige Ansprechpartner, den der Altbauer noch hätte, sei sein Hund. Doch der arme Kerl ist Tag und Nacht draußen, bei jedem Wetter. Festgezurrt mit einem Seil in der Nähe vom Miststock. Von dort holt sich der Vierbeiner sein Fressen. Das eher grün gefärbte Wasser kann er aus einer rostigen Schüssel trinken. Niemand sagt etwas. Niemand unternimmt etwas. Getuschelt wird im Dorf, die zerreißen sich die Mäuler über den Bauer, aber keiner hilft. Keine Menschenseele wagt sich auf diesen Hof, um nach dem Rechten zu sehen«, endet die Frau kopfschüttelnd.

»Beschreiben Sie mir bitte den Weg, ich werde das Tier zurückbringen«, bitte ich sie. Sie erklärt mir umständlich, wie ich zum Gehöft finde, verabschiedet sich kopfschüttelnd und lässt uns stehen.

Zu Hause angekommen dürfen Piggy und ihr auserkorener Wuschel in den Garten. Ich rase ins Haus.

Hundeshampoo, welches auch Parasiten entfernen soll, ein Tuch zum Abtrocknen, Striegel und Bürste, Schere. Rasierer für Hundefell, Flohhalsband, Halsband mit Leine, was ich mir doppelt gekauft habe, warum auch immer. Verteile alles in einem Weidekorb. Trage diesen hinter das Haus zum Gartenschlauch.

Wuschel lässt sich das Halsband ohne Widerstand um den Hals binden. Ich befestige die Leine daran und fixiere ihn nahe am Leitungshahn. Piggy geleitet uns, lässt doch ihren Liebsten nicht aus den Augen.

»So, mein Lieber, jetzt wirst du erst einmal von deinen Zotteln befreit«, beruhige ich das Tier.

Weder Kamm noch Bürste gelingt es, dass verklebte Fell zu durchdringen. Die Schere kommt zum Einsatz. Dem verfilzten Fell mit einer Haushaltsschere zu Leibe zu rücken ist fast unmöglich. Die Schere schneidet im Normalfall gut, jedoch bei dem hartnäckigen Fall, versagt sogar ein Schweizer Taschenmesser. Ich durchschneide weiter und weiter. Stückchenweise, stundenlang schnipple ich an Wuschels Haarpracht.

Ein Berg von Haaren türmt sich neben mir auf, doch noch immer sehe ich keine Haut. Die Hundeschermaschine kommt zum Einsatz. Diese habe ich mir vor Jahren für Piggy zugelegt. Sie hatte einmal eine größere Wunde, um diese besser behandeln zu können, musste sie Haare lassen ...

Vom Geräusch erschrecken sich beide Vierbeiner. Die mit Leckerlis gefüllte Bauchtasche, die ich vorsichtshalber vor jedem Spaziergang umschnalle, kommt zum Einsatz. Zu meinem Glück bin ich noch nicht dazu gekommen, diese abzunehmen. Wunschgemäß ist es mir möglich, die beiden mit den Leckereien zu bestechen.

Oft im Fernseher gesehen in Berichten über die Schafzüchter. Selbst nur zweimal bei Piggy Hand angelegt mit dieser Schermaschine.

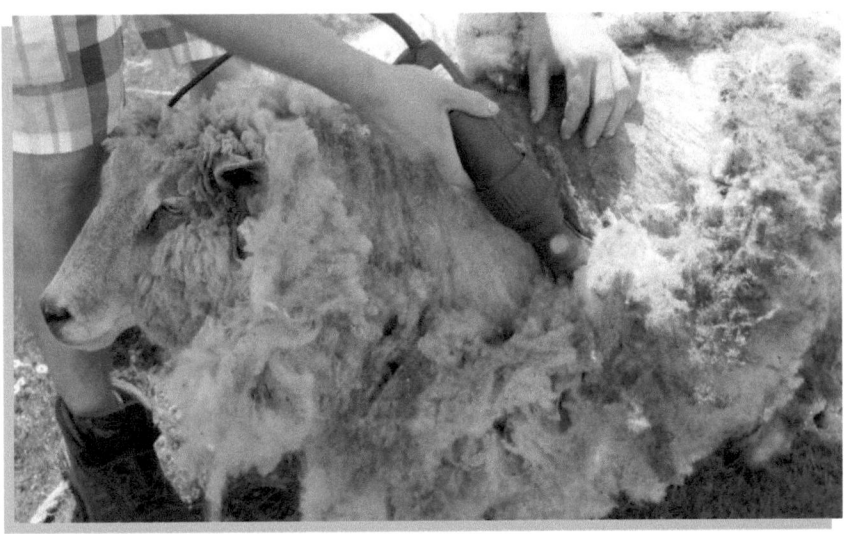

Zuerst noch zaghaft, setze ich die Maschine auf das Fell, schiebe sie langsam unter das verfilzte Haarkleid. Die frisst sich buchstäblich durch dicke Schichten, die vermischt mit Schmutz, Floheiern und Schuppen einen Gestank ausströmen, dass mir trotz Frischluftaufenthalt übel wird.

›Der arme Kerl‹, denke ich mir. Was für ein Gewicht schleppt er täglich mit sich herum. Er, Wuschel, kann nichts dafür. Weiter machen, nicht aufgeben. Wie lange die ganze Prozedur dauert, egal, hier geht es um das Tier. Schicht um Schicht vom verfilzten Fell entferne ich mühsam. Mit der Zeit bilden sich Blasen an meinen Fingern. Abfallberge von Zotteln türmen sich höher und höher. Was ich zu sehen bekomme, verschlägt mir die Sprache. Der Hund ist spindeldürr. Was für eine Erleichterung es für den Vierbeiner sein muss, das Gewicht an zotteligen, verklebten, strubbeligen Locken zu verlieren. Endlich kommt die ursprüngliche Reinigung. Wasser marsch. Mit dem Spezialshampoo einschäumen, kräftig rubbeln, spülen, trocknen. Föhnen lassen wir weg. Kämmen, Bürsten, um die Resthaare zu entfernen.

Was für eine Augenweide, der 68er sieht gar nicht so übel aus. Piggy hatte einen guten Riecher. Wuschel, wenn er gepflegt wird, ist ein ansehnlicher, wunderhübscher Kerl. Man könnte ihn glatt als gut situierten älteren Hundeherrn durchgehen lassen.

Zur Belohnung, dass sich beide so tapfer gehalten haben, gibt es Futter. Wuschel frisst genüsslich, er schlingt das Futter nicht einfach so hinunter, nein er kostet jedes Bröckchen des Trockenfutters aus.

Gut so, denn würde er jetzt alles rasch verschlingen, müsste er sich voraussichtlich zu einem späteren Zeitpunkt übergeben. Dass unter seinem Futter eine Entwurmungstablette war, hat er nicht mitbekommen. Nun schnalle ich ihm sein Flohhalsband um. Befülle den Weidenkorb mit Hundefutter in Dosen, setze die beiden in meinen Wagen und fahre los in Richtung Wuschels Zuhause.

Die Fahrt bis zum Dorf mit dem Auto dauert nicht lange. Der Hof liegt abseits vom Dorf, erhöht auf einer Kuppe. Schon aus der Ferne zu erkennen ist der Bauernhof. Umringt von kargen Feldern, die der Bauer nicht mehr ›bestellen‹ kann oder will. Beim näher heran lenken, sehe ich, dass die Umgebung verlottert, sogar ungepflegt aussieht. Ein morscher Holzzaun, Holzlatten fehlen, umgrenzen den privaten Bereich. Unordnung, wo man hinschaut. Abgenutzte Traktor-Räder, Seile, Ketten, Holzscheite, Blechdosen, Werkzeug. Mist- und Heugabeln, alles liegt irgendwo vor dem Haus herum. Das Haus hat die guten Zeiten längst hinter sich gebracht, die Farbe blättert ab. Ist das nicht alles windschief oder bilde ich mir das nur ein? Die Haustür öffnet sich.

Wuschel wird unruhig, winselt und duckt sich. Ein alter ungepflegter Mann, in gekrümmter Haltung, einen Gehstock in der Hand, tritt aus dem Haus.

»Was wollen Sie hier? Verschwinden Sie. Das ist ein Privatgrundstück. Sie haben hier nichts zu suchen«, krächzt er wütend zu mir hinüber. Den Gehstock lässt er wild in der Luft herumwirbeln. Ein Volksmund besagt doch, der Hund sieht aus wie sein Herrchen oder Frauchen. In dem Falle ist das mehr als nur zutreffend. Die zotteligen Haare des Bauern hätten unlängst schon einen Friseur nötig gehabt. Die Kleidung? Wann die speckigen Hosen das letzte Mal Wasser gesehen haben, ist unklar. Im Haus wird es wohl nicht viel besser ausschauen. Ich kann mir lebhaft vorstellen, wie es krabbelt. Mäuse, die ungeniert in der Küche herumtanzen. Wanzen in seinem Bett, Läuse auf seinen zotteligen Haaren.

Es schüttelt mich. Auf meiner Haut beginnt es zu jucken. Eine Gänsehaut bildet sich. ›Auch hier wäre eine Grundreinigung dringend nötig‹, denke ich mir. Was soll ich nun tun? Aussteigen? Wuschel aus meinem Auto holen? Den Bauern ansprechen? Mein ganzer Mut hat mich verlassen. Was wird der Altbauer sagen, wenn er Wuschel frisch gestylt sieht?

Mit dem restlichen Mut, der noch übrig ist, steige ich aus dem Auto. Schützend halte ich mich am gefüllten Weidenkorb fest. Die Hunde lasse ich zurück, sicher ist sicher. Bewege mich auf den Bauern zu, wiederhole in Gedanken immer wieder dieselben Worte: ›Keine Angst zeigen, selbstsicher bleiben, ruhig bleiben, was immer auch geschieht.‹

»Bringe Ihnen ein Geschenk«, rufe ich nun doch eingeschüchtert dem gebrechlichen Bauern zu. Strecke ihm den schweren Weidenkorb entgegen. Dieser merkt sofort, dass sich im Korb Dosenhundefutter stapelt.

»Wissen Sie, wo mein Hund ist? Er verschwindet immer wieder, nie weiß ich, ob ihn mir jemand gestohlen hat. Die Leute aus dem Dorf, denen sind wir nur ein Dorn im Auge. Es ist nicht schön, allein älter und gebrechlich zu werden.«

»Wie heißt denn Ihr Hund, wie sieht er aus? Eine kleinere oder eher größere Rasse«, versuche ich, Informationen vom Bauern zu erhalten. »Max heißt er, sein Fell ist schwarz gekraust. Rasse? Nein, es ist ein Mischling mittelgroß, sehr lieb. Er ist alles, was mir geblieben ist«, erklärt mir der ehemalige Landwirt garstig.

Muss ich ihm nun alles gestehen? Wie wird der Mann reagieren? Wird er mich des Hofes verweisen? Steine nach mir werfen? Wie nur erkläre ich dem Mann, was ich mit Wuschel gemacht habe? Ich suche nach der passenden Wortwahl, was wohl etwas länger dauert. Der Bauer stupst mich ungeduldig mit seinem Gehstock an.

»Sagen Sie schon. Sie wissen etwas. Ist er tot? Erzählen Sie mir, was Sie wissen.«

›Nun gut, dass schaffe ich schon‹, mache ich mir Mut.

»Also, es war so«, beginne ich vorsichtig. »Unsere Hündin war läufig. Eines Nachts stand er einfach da in unserem Garten. Heulte, jammerte, hat sich in unsere Hündin verliebt oder verguckt. Er ließ nicht locker, kam Tag und Nacht und sang für seine Liebste. Es gesellten sich andere Hunde dazu«, erzählte ich ihm die ganze Story. Dass er auch, nachdem Piggy nicht mehr so verführerisch duftete, nicht von ihr wich.

»Ach, aus diesem Grund ist er wieder abgehauen? Das kam schon des Öfteren vor, doch über einen so langen Zeitraum noch nie«, erwiderte er.

»Da Max, wie Sie ihn nennen, stets die Nähe der Hündin suchte, blieb mir nichts anderes übrig, als ihn zu baden. Versuchte, ihn zu bürsten, was unmöglich war, bei dem dicken Fell«, verschönerte ich die Situation. »Es blieb mir nichts anderes übrig, als ihn zu scheren. Bitte erschrecken Sie nicht, wenn ich Max nun aus dem Wagen hole, er sieht etwas anders aus. Bin mir aber sicher, dass er sich um einiges wohler fühlt«, verteidige ich mein Handeln.

»Ich möchte jetzt endlich MEINEN Hund Max wieder bei mir haben«, befahl er mir sichtlich erbost. So platziere ich den Weidenkorb vor seinen Füßen, gehe Richtung Auto, wo beide Hunde friedlich warten. Max führe ich an der Leine zu seinem Herrchen. Was nun geschieht, hätte ich mir nicht in meinen kühnsten Träumen vorstellen können.

Der Gehstock kommt etwas tief geflogen, landet unsanft auf dem verschmutzten Vorplatz. Ehe ich mich versah, lag der alte Mann in meinen Armen. Er weint, schluchzt, umarmt mich immer wieder.

»Wie schön Max aussieht, wie damals, als meine geliebte Frau noch bei uns war. Er richtet seinen Blick hoch zum Himmel und stammelt. »Sieh dir den Max an Luise, ist er nicht schön? Wie können wir Ihnen jemals danken?«

»Ganz einfach«, erwidere ich, »indem Max einmal in der Woche zu uns kommen darf. Dass Sie es zulassen, dass meine Frauen sich um Ihren Haushalt kümmern. An den Tagen, wenn Max bei seiner Liebsten ist, einverstanden? Keine Angst, das kostet Sie nichts. Die Frauen sind alle sehr nett, keine solch jungen Dinger. Nein, die werden ihren Haushalt wieder auf Vordermann bringen: Putzen, einkaufen, waschen, Ihnen zur Hand gehen, egal was zu machen ist.« Ich sehe, wie der Bauer am Grübeln ist. Vertraut er mir nicht?

»Ein Handschlag gilt auf dem Land noch in der heutigen Zeit als Vertrag«, schlage ich ihm vor. Nach bangen Minuten schlägt er ein.

Von jenem Tag an gehen zwei meiner Frauen einmal in der Woche bei dem greisen Herrn vorbei. Der Bauer verändert sich nach jedem Besuch der Frauen. Vor allem die eine, Brigitte, sie versteht es, den Herrn so weit zu bringen, dass er ein Bad nimmt. Sie darf ihn zum Friseur begleiten. Und was soll ich sagen, Monate später zieht Brigitte zum Bauern.

Max legt rasch an Gewicht zu. Er wird weiterhin gepflegt, genießt das Leben genauso wie sein Herrchen. Manchmal braucht es von den Menschen nur etwas Liebe und Mut.

Der Tod

Lange dürfen wir alle das soeben fertig gewordene Haus nicht genießen. Der Traum meines Mannes vom geruhsamen Schlaf, von erholsamen Spaziergängen, seinem Garten und dem eigenen Ton und Filmstudio endet jäh. Drei Monate nach dem Einzug in das Haus beginnt es.

Mein Mann bekommt Probleme. Immer wenn er in der Tagesschicht gearbeitet hat, nachts im Bett liegt, bekommt er keine Luft, steht auf, tritt an das geöffnete Fenster und versucht einzuatmen.

»Schatz, du musst dich dringendst untersuchen lassen. Komm, ich fahre dich sofort in die Klinik. Das geht so nicht weiter. Ich sorge mich um dich«, rede ich ihm zu.

»Es ist nichts, das geht vorbei. Ist wohl nur der Stress«, probiert er mich zu beruhigen.

»Ich sehe es, du hast Schmerzen, gib es zu. Wir müssen irgendetwas unternehmen, bevor es zu spät ist. Ich will dich nicht verlieren«, rede ich weiter auf ihn ein.

Nächte nach jenem Gespräch. Er stöhnt und kann kaum mehr atmen. »Was hast du? Sprich mit mir. Ich bringe dich jetzt in das nächstliegende Spital«, weinend knie ich neben seinem Bett.

»Ja, ist besser, ich lasse mich untersuchen. Mein linker Arm, die linke Brust, mein Herz. Ich habe Schmerzen. Fahre mich bitte in die Klinik«, bittet mein Mann mich. Noch nie in meinem ganzen Leben war ich so zügig angezogen. Kaum sitzt mein Mann im Auto, gebe ich Vollgas, rase wie der Teufel mit ihm nach Murten in das Spital. In der Notaufnahme rufe ich nach einem Arzt und erkläre ihm, was vorgefallen ist.

»Wir beginnen umgehend ihren Mann zu untersuchen. Sieht nach einem Herzinfarkt aus. Beruhigen sie sich, ihr Mann ist nun in den besten Händen«, erklärt mir der Arzt.

Jetzt erst rufe ich Maria an, die einen Hausschlüssel besitzt. Sie ist erstaunt, ängstlich mitten in der Nacht einen Anruf zu erhalten, ist jedoch sofort bereit auf unseren Sohn aufzupassen. Zum Glück hat er tief und fest geschlafen und nichts mitbekommen. Doch ich bin ruhiger, wenn jemand bei ihm ist, falls er aufwacht und wir nicht zu Hause sind. Ich bleibe an der Seite meines Mannes.

Bei meinem Mann werden diverse Untersuchungen gemacht. Am Tag darauf muss er in der Klinik bleiben. Doch schon am späteren Nachmittag darf er wieder heim. Gefunden haben die Götter in Weiß nichts. Nicht das Geringste.

»Ihr Mann ist fit. Gut durchtrainiert und vollkommen gesund«, wird mir mitgeteilt.

Da mein Mann regelmäßig Sport treibt, joggt oder im Fitnesszentrum seine Muskeln stärkt, kann das jetzt von Vorteil sein, denke ich mir.

Keine zwei Wochen später passiert es, dass ich niemals mehr verkraften werde …

Ich verabschiede mich, wie üblich, von meinen beiden Männern mit einem Kuss. Ohne viele Worte, da die beiden sich damit beschäftigen, Musik auszusuchen, um danach im eigens eingerichteten Zimmer im Untergeschoss den Film zu vertonen. Beide sitzen auf dem Boden vor dem Plattenspieler, Kopfhörer montiert. Ich bewege nur meine Lippen, sage nichts. Ich tu nur so, als ob ich plappere. Erst jetzt nimmt mein Schatz seine Kopfhörer ab.

»Was hast du gesagt? Ich habe dich leider nicht verstanden.«

»Ich mache mich auf den Weg, Büroreinigung wie jeden Abend. Ich bin in schätzungsweise zweieinhalb Stunden zurück«, erkläre ich ihm lächelnd.

»Sobald ich zurück bin, kümmere ich mich um das Abendbrot, ist dir das recht?«

»Ich werde mit Sohnemann und Piggy noch laufen gehen. Heute können wir wieder einmal den ganzen Vita-Parcours ablaufen und etwas trainieren. Das tut Sohnemann, Hund und meinen Knochen gut. Mach dir keine Gedanken, bis du von der Arbeit kommst, sind wir auch zurück«, lacht er mich liebevoll an.

So mache ich mich auf den Weg zu meiner täglichen Abendbeschäftigung mit meinen drei Frauen. Wenn ich nur gewusst hätte, dass dies die letzten Worte waren, die wir uns mitteilen konnten. So viel hätte ich ihm noch zu sagen gehabt.

Ich bin sehr beschäftigt, als der Anruf kommt. Eine mir fremde Person ist am anderen Ende des Mobiltelefons.

»Sie müssen sofort nach Hause kommen. Mein Name ist …, bitte beeilen Sie sich«, ist alles, was ich zu hören bekomme. Auf alle meine Fragen, »Was ist passiert? Was ist los, sagen Sie mir, was los ist.«, erhalte ich keine Antwort.

Wie schnell ich den Weg nach Hause gefahren bin, weiß ich nicht mehr. Daheim angekommen sehe ich es aus der Ferne.

Der Feldweg, den wir immer begehen, wenn wir in den Wald spazieren gehen, ist voll ausgeleuchtet. Scheinwerfer die mit ihrem Flutlicht den Forstweg taghell erscheinen lassen. Ich erkenne nichts. Sehe nur viele Männer und Frauen in verschiedenen Uniformen. Polizei, Ärzte, Sanitäter, Kantonpolizei.

Ich beginne zu schreien, rufe nach meinem Mann, nach meinem Sohn, renne ins Haus. Die Haustür steht sperrangelweit geöffnet. Was ist hier los? Wo sind meine Männer? Wo ist Piggy? Was ist hier vorgefallen? Ich renne Richtung Feldweg und werde auf der Hälfte des Weges aufgehalten.

»Da können und dürfen Sie jetzt nicht hin. Am besten ist es, Sie gehen zu Ihren Nachbarn. Ich bringe Sie hin.« Ich werde unsanft am Arm gepackt und ›abgeführt‹. Was ist hier los? Ich komme mir vor wie ein Schwerverbrecher. Nichts wird mir erklärt.

»Wo ist mein Mann? Mein Sohn? Wo bitte sind die beiden, sagen Sie mir endlich, was hier vorgefallen ist«, schreie ich den fremden Polizisten an. Er packt mich nur noch fester am Arm und geleitet mich zu den Nachbarn. Die Nachbarin steht bereits in der Tür und nimmt mich in ihre Arme. Sohnemann kommt angerannt, schreit unaufhörlich.

»Nein, Mami, Papi ist nicht tot. Ich habe doch gehört und gesehen, dass er noch atmet. Mami ich weiß es, er lebt«, schreit, weint der Junge und klammert sich an mich.

Ein Arzt kommt. Zuerst erhält der Junge eine Spritze, dann ich. Mit den Worten vom Doktor: »Setzen Sie sich hin. Das ist eine Spritze zur Beruhigung. Ich erkläre Ihnen sofort, was vorgefallen ist.«

Ich will mich nicht beruhigen. Spüre nicht, dass die Spritze wirkt. Ich bin plötzlich hellwach. Beginne zu schreien. Will hier raus, hinauf auf den Feldweg. Ich muss hier weg. Ich will sehen, was passiert ist.

»Ich will zu meinem Mann. Lassen Sie mich los, ich will zu meinem Mann«, das ist alles, was ich schreien kann. Doch man lässt mich nicht gehen. Ich werde festgehalten.

Eine Polizistin kommt. Sie erklärt, als wenn es das Normalste der Welt ist, dass mein Mann eine Herzattacke hat. Wohl auf dem Nachhauseweg muss er diesen Anfall bekommen haben. Er brach auf dem Feldweg zusammen. Der Sohn stand dabei. Reagierte sofort.

»Ihr neunjähriger Junge rennt zum nächsten Haus und holt Hilfe. Jede Hilfe kommt zu spät. Als Ihr Sohn und der Helfer bei Ihrem Mann ankommt, ist er bereits tot. Was Ihr Sohn gehört hat, ist der letzte Atemzug. Das ist ganz normal.«

Abrupt werde ich gefragt, was ich denn zum Mittag- und Abendessen gekocht hätte. Ich verstehe die Welt nicht mehr, nein, für mich ist sie in diesem Moment zusammengebrochen. Ich verstehe nicht, wie ein Mensch so kalt und herzlos sein kann. Ich frage mich, hat die Polizistin mich das wirklich gefragt oder bilde ich mir das nur ein? Unser Sohn weint immer noch. Aber und abermals klammert er sich an mich. Nun erst sehe ich, dass Piggy fehlt.

»Wo ist unser Hund? Hat man diesen total vergessen? Kann ich jetzt zu meinem Mann? Lassen Sie endlich unseren Sohn erzählen, was passiert ist.«

Total durcheinander bin ich. Ich will von unserem Sohn wissen, was passiert ist. Er soll es mir sagen. Ich gebe nicht auf, werde zur Furie. Beschütze und behüte unseren Sohn.

»Ihr Hund? Ach, das ist Ihr Hund, der immer noch nicht von der Seite Ihres verstorbenen Mannes weicht. Den keiner anfassen kann. Der knurrt, wenn man ihn vom Toten wegbringen möchte«, fragt mich die Polizeibeamtin ohne jegliches Gefühl. Ich kann es kaum glauben, wie kalt, wie erbärmlich es sich für mich anfühlt.

»Ich muss unsere Piggy herbeiholen. Nur sie kann mir helfen, unseren Sohn etwas zu beruhigen.« Ich hoffe inständig, so zu meinem Mann zu gelangen. Doch man lässt mich nicht.

Nach Stunden wird ein Tierarzt hinzugeholt. Mit einer Beruhigungsspritze kann er Piggy von meinem Mann trennen. Taumelnd kommt sie uns entgegen. Schmeichelt um unsere Beine. Versucht uns zu trösten. Leckt an unseren Händen, in unseren Gesichtern leckt sie uns die Tränen weg. Man legt sie an eine Leine und befragt mich weiter.

Stunden müssen vergangen sein. Ich verliere die Kraft. Ich kann nicht mehr. Spät in der Nacht dürfen mein Junge, Piggy und ich in unser Haus zurück. Zu meinem Mann lässt man mich nicht.

»Er wird erst in die Pathologie gebracht. Es wird genauestens untersucht, an was er gestorben ist. Sie können Ihn erst sehen, wenn wir sicher sind, dass es kein Mord war. Wir werden Sie umgehend benachrichtigen, wenn das Ergebnis vorliegt. Sie verlassen die Schweiz nicht«, knallt man mir an den Kopf.

Jetzt endlich sind wir allein mit unserer Trauer. Piggy, die Katzen, keines der Haustiere weicht von unserer Seite. Schlafen können wir beide nicht, trotz des Schlafmittels, das man uns ohne zu fragen verabreicht hat.

Tage vergehen. Verstehen immer noch nicht, was vorgefallen, ist. Unser Junge wiederholt immer dieselben Worte. »Mama, er lebt. Papi hat geatmet. Bald kommt er wieder nach Hause. Papa, lebt.«

Wie nur kann ich dem Sohnemann, dem neun Jahre alten Jungen klar machen, dass Papi niemals mehr wieder kommt? Wenn ich selber nicht daran glaube?

Ich sehe seine Brille, die immer noch auf dem Esstisch liegt. Ich höre die Musik, die immer noch vom Endlosband aus den Lautsprechern dröhnt. Ich rieche seinen Körpergeruch. Ich sehe seine Schuhe, seine Kleider.

Sein Wagen steht vor dem Haus. Es sieht alles so aus, als sei er nur kurz weg. Ich halte es kaum aus. Rieche an seinen Kleidern, weine, schreie. Renne Kopf voran gegen die Zimmerwand. Ich spüre keinen Schmerz. Ich höre seine Schritte. Ich spüre seine Nähe. Er lebt.

»Warum bist Du einfach so von uns gegangen? Warum konnten wir uns nicht verabschieden? Ich glaube es nicht. Ich spüre doch deine Nähe, Du bist mir ganz nah.«

Mir und unserem Sohn ist es, als würden wir den Boden unter den Füssen verlieren. Warum nur muss uns so ein Unglück geschehen? ›Warum holst du unseren geliebten Menschen zu dir?‹ Ich verliere den Glauben. Möchte mich aufgeben. Mir fehlt ganz einfach die Kraft weiterzuleben. Wie oft setze ich mich in meinen Wagen und fahre des Nachts los, mit dem Ziel an einen Baum zu knallen? Wie oft versuche ich, mich einen Abhang hinunter zu stürzen?

›Warum hast du uns verlassen? Warum jetzt? Warum müssen immer die liebsten Menschen gehen. Warum hast DU nicht MICH zu dir geholt? Warum einen Familienvater? Warum ein Mann der immer sein Bestes gab?‹ Ich kann nicht mehr. Soll ich mich aufgeben? Was ist dann mit unserem Sohn, der gerade mal neun Jahre alt ist? Der eben seinen geliebten Vater verlor? Soll ich ihn im Stich lassen? Wie kann ich die ganze Last tragen?

Bin ich Schuld am Tod meines Mannes? War das alles zu viel für ihn? Hat ihn die Existenzangst umgebracht? Tage vergehen. Wochen vergehen. Wie oft in diesen Jahren gebe ich mir die Schuld? Immer an unserer Seite die treue Piggy. Keinen Schritt lässt sie uns aus den Augen. Versucht uns abzulenken. Schenkt uns ihre ganze Aufmerksamkeit. Die Katzen wachen über uns. Legen sich verteilt, wenn wir zu schlafen versuchen, in unsere Betten. Ganz nah sind sie. Legen sich auf den Bauch vom Sohn. Legen sich mir um den Kopf. Piggy stets bedacht, dass uns nicht geschieht.

Monate nach diesem schrecklichen Unglück erhalte ich endlich den Bescheid, dass mein Mann an einem Herzinfarkt gestorben ist. Keine jener Personen, die mich damals so mies behandelt haben, hat sich jemals bei mir entschuldigt.

Kein Arzt, kein Polizist, niemand fragt uns, wie es uns jetzt geht. Im Gegenteil. Man erteilt mir Auflagen; kontrolliert ständig; ist der Sohn allein zu Hause? Hat er genügend warme Mahlzeiten? Wie verhält er sich in der Schule? Wie lange ich arbeite, alles wird begutachtet. Man teilt mir mit, dass es einer alleinstehenden Frau und Mutter untersagt ist zu arbeiten. Das ist noch das wenigste, was man mir verbietet.

An verschiedenen Sonntagen marschieren ganze Völkerstämme fremder Menschen an unserem Maschendrahtzaun vorbei. Ich sehe, höre die Meute aus der oberen Etage, als ich am Fenster stehe und alles beobachte.

Wie die Fremdlinge lauthals diskutieren, dass man dieses Haus in absehbarer Zeit zu günstigen Konditionen kaufen könne. Und noch einiges mehr. Nicht mit uns. Will man uns aus dem Dorf ekeln? Nicht mit uns. Nein, das Haus war der Traum meines Mannes, jetzt erst recht.

Ich laufe wütend die geschwungene Treppe hinunter. Gebe Piggy das Kommando ›LAUT‹ und lass sie in den Garten. Sie soll diese Eindringlinge vertreiben. Was sie auch umgehend in Angriff nimmt. Sie bellt los, stellt ihr Haarkleid auf und fletscht die Zähne.

Von diesem Zeitpunkt an beginne ich zu kämpfen. Wie ein wildes Tier. Ich lass mich nicht vertreiben. Besuche die Schule, spreche mit der Lehrerin von unserem Sohn. Sie soll sich hüten, dem Jungen noch einmal zu verbieten, ein Foto seines verstorbenen Vaters auf das Pult aufzustellen.

Gehe zur Gemeinde und spreche auch dort Klartext. Fahre in das Spital und will die Unterlagen über den seinerzeitigen Gesundheitszustand von meinem Gatten. Man gibt mir diese nicht. Fahre zur Polizei, die damals vor Ort war. Man schickt mich fort. Ich werde niemals richtig aufgeklärt, wie mein Mann zu Tode kam.

Eines haben mein Sohn und ich gelernt. Kämpfen. Immer wieder aufstehen. Durchhalten, was immer auch kommt. Wir beide, wir sind ein sehr starkes Team. Wir beide, wir schaffen das. Ich bespreche mich mit dem Sohn, frage ihn, ob er im Haus bleiben möchte oder ob ich dieses verkaufen soll? Wir beschließen gemeinsam, zu bleiben. Weitermachen, aufstehen, kämpfen.

Der Garten muss in Angriff genommen werden. Die Arbeit lenkt uns tagsüber ab. Piggy, die drei Katzen, Minouche, Maudi und Tiger sind jederzeit mit von der Partie.

Wenn sich auch viele Freunde urplötzlich nicht mehr melden, zurückziehen, aus Angst, weil sie nicht wissen, wie sie sich verhalten sollen. Andere Bekannte hingegen helfen uns. Der Garten wird endlich mit einem Holzzaun eingefriedet, aus einem Autounterstand aus Holz wird ein provisorisches Gartenhaus. Der Rasen wird gesät, was sich als sehr schwierig herausstellt bei drei Katzen und einem Hund. Sohnemann und ich, wir trauern, verstecken unsere Gefühle vor den anderen.

In aller Stille, wenn wir allein zu Hause vor dem Kamin sitzen, liegen wir uns in den Armen. Suchen Fotos heraus, Filme, die Papi gefilmt, zugeschnitten und vertont hat. Ich versuche, meinem Sohn so zu helfen, dass er den Tod besser verarbeitet.

So vergehen Monate. Bis zu einem weiteren Schicksalsschlag, der uns/mich, neun nicht enden wollende Jahre suggestive erledigt hat.

Der Geburtstag von Sohnemann ist in wenigen Tagen. Ich überwinde mich und organisiere einen Ausflug zu einem Spaßbad. Ich denke mir, dass er mit Sicherheit eine Ablenkung braucht. Dass Sohnemann seine Trauer für einige Stunden vergessen kann. Er mit Gleichaltrigen zusammenkommt. Ich weiß, dass er für sein Leben gerne schwimmt. Nur einmal solche Wasserrutschen bewältigen möchte. So rufe ich Maria an, frage, ob sie Zeit und Lust hat, an jenem Tag nach den Katzen zu schauen. Niemals würde ich eines unserer Tiere stundenlang alleine im Haus und Garten lassen.

Piggy wird uns begleiten, da bereits die kühlere Jahreszeit angebrochen ist. An alles habe ich gedacht und so kommt der Tag, der unser Leben noch einmal zerstört. Ein Tag, der uns neun Jahre noch mehr Qualen zugefügt hat.

Frühzeitig am morgen fahre ich los. Sohnemann kommt nur widerwillig mit. Er streikt, motzt, mault und spielt mit dem Game Boy. Mich mit einem Blick straft, dass ich unweigerlich ein schlechtes Gewissen erhalte. Piggy dennoch freut sich auf jede Minute im Auto. Sie sitzt in ihrer geräumigen Sicherheitsbox, guckt sich die vorbeirasende Landschaft an. Muss ich anhalten, legt sie sich hin. Kaum bewegt sich der Wagen wieder, sitzt sie kerzengerade da, liegt in jede Kurve. Ja, Piggy liebt es, mitzufahren.

Sohnemann ist immer noch schlecht gelaunt. Hat er sich wohl zum Geburtstag etwas ganz anderes gewünscht. Seinen Geburtstag zu Hause zu verbringen, Filme anschauen, trauern.

Doch sein zehnter Geburtstag soll die Wendung bringen, so stelle ich mir das in meinen Träumen vor. Nach Stunden auf der Autobahn Richtung Zürich, erreichen wir nach einer langen Fahrt das Spaßbad. Ein schattiger Parkplatz ist auch vorhanden. Zuerst kümmern wir uns um Piggy. Einen ausgiebigen Spaziergang unternehmen wir. Was mein Sohn mir mit den Worten dankt.

»Zum Spazieren hätten wir auch zu Hause bleiben können.« Ich verstehe, dass ich wohl besser zu Hause geblieben wäre. Was sich Tage darauf bestätigt. Wir beide verfluchen jenen Tag.

Endlich begeben wir uns zur Kasse, um im Spaßbad drei Stunden zu verbringen. Als der Sohn nun die Rutschen sieht, vergisst er urplötzlich, grantig zu sein. Rasch ziehen wir uns in den Umkleiden um und treffen uns bei den Duschen wieder. Ich habe nicht wahrgenommen, dass uns ein Typ auf Schritt und Tritt folgt. Wir haben nur Augen für die weitläufige Anlage.

»Schau, Mami, die Rutsche dort oben, auf diese möchte ich gerne.« Ich sehe das riesige Ding und bekomme es mit der Angst zu tun. Ich weiß, dass ich mich niemals dort hinunter stürzen möchte. Begleite den Sohn und hoffe, dass er sich den andern Kindern anschließt. Eine Diskussion folgt, denn ich will da nicht hinunterrutschen. Wir streiten uns.

Unverhofft steht ER neben uns. Ein Mann, der sich anbietet, sich meinem Sohn anzunehmen. Wie naiv war ich eigentlich. Blind? Wenn ich könnte, würde ich diesen Tag rückgängig machen.

Ich lasse zu, dass ER den Sohn auf zahlreiche andere Rutschen begleitet. Nach dem Herumtoben macht sich beim Sohn der Hunger bemerkbar. Ich bedanke mich bei dem Unbekannten. Wir möchten zu zweit in einem der diversen Restaurants eine Kleinigkeit essen gehen. ER folgt uns, lässt sich nicht mehr abschütteln.

Ich merke nicht, dass er mich förmlich ausquetscht. Wo wir wohnen, was ich arbeite? Nach einiger Zeit verabschieden wir uns in Richtung Umkleide, danach zum Ausgang. Piggy wartet sehnlichst. Abermals wird sie zum Gassi gehen ausgeführt. Danach nehmen wir die Fahrt nach Hause in Angriff.

Von diesem Tag an werde ich mit Anrufen bombardiert.

Eines Tages steht der Fremde vor der Haustür. Monatelang bearbeitet mich der Typ aus dem Spaßbad, überrumpelt mich und zieht bei mir ein.

Jetzt beginnt die Qual. Er bearbeitet mich systematisch. Schlägt meinen Sohn, wenn ich außer Haus bin. Quält die Haustiere, vor allem auf Piggy hat es der Typ abgesehen. Mein Sohn erzählt mir jedes Mal, wenn er wieder Schläge gefasst hat. Ich sehe, wie sein rechtes Ohr blutüberströmt ist. Eingerissen, da der Typ so fest daran gezogen hat, dass das Ohr einreißt. Was für Schmerzen muss mein Sohn erlitten haben.

Nachbarn zeigen den Typen bei der Polizei an, als ER mal wieder Piggy quält. Im Garten an einen Pflock festzurrt, die Schnauze zuschnürt und mit einem Knüppel auf den Hund einschlägt.

Die Polizei steht eines Abends vor der Haustür. Fragt nach dem Typen, ich rufe ihn zu mir. Er streitet alles ab. Ruft Piggy zu sich. Die kommt sichtlich eingeschüchtert, die Rute zwischen die Hinter-Flanken eingeklemmt, angeschlichen. Sohnemann muss auch strammstehen, ängstlich schweigt er.

Ich? Ich traue mich nicht, nur das Geringste zu erwähnen.

Die Polizei glaubt dem Typen, als dieser erklärt, die Nachbarn seien nur alle neidisch auf SEIN Haus. Ich glaube zu träumen.

Immer in der Hoffnung, aus dem Albtraum zu erwachen. Wehren kann ich mich nicht. Doch ich, so beeinflusst und kaum mehr Herr meiner Sinne, glaube meinem eigenen Fleisch und Blut nicht mehr. Ich werde gedemütigt, ausgenutzt, missbraucht, beeinflusst, wie durch eine Hirnwäsche. Immer und immer wieder spricht der Typ auf mich ein, dass ich nichts Wert sei, nichts könne, nichts mehr besitze. Ich glaube es. Bin zu schwach, mich zu wehren. Dieser Zustand dauert neun lange Jahre.

Dass ich die neun Jahre nicht die einzige Geliebte war, erfahre ich erst viel zu spät. Ich habe viel verloren, auch mein Selbstvertrauen. Mein Sohn, mein Geschäft und viel Geld liegen in der Karibik auf einer Bank. Alles verloren, vor allem meinen Sohn und meine Selbstachtung. Verunsichert und eingeschüchtert bin ich. Selbstzweifel und nächtelanges Grübeln rauben mir den Schlaf.

Durch den Kauf von einem riesigen Grundstück in den Bergen zu dem mich der Typ regelrecht gezwungen hat. Von dem, was das ›Monster‹ immer wieder vom Konto abgehoben und nach Lichtenstein sowie Andorra verschoben hat.

Das alles habe ich erst später erfahren. Betrogen, belogen, missbraucht, geschlagen, gedemütigt, mir meinen Sohn vertrieben, missbraucht und auch ihn zerstört.

Mein Sohn hat mich vor Monaten verlassen. Er hat die Qual und mein Unverständnis nicht mehr ausgehalten.

Doch es geht mir mitnichten um das Geld. Ich verabscheue mich, dass ich meinem Sohn keinen Glauben schenkte.

Heute verstehe ich mich selbst nicht mehr. Ab jenen neun Jahren beginnt Piggy, alle Männer buchstäblich zu hassen. Außer meinem Sohn kann sich kein männliches Wesen dem Vierbeiner nähern. Sofort zieht sie die Lefzen hoch, zeigt ihr Gebiss und knurrt. Anfassen verboten. So muss ich immer auf der Hut sein, wenn der Schornsteinfeger, Postbote oder Freunde zu Besuch kommen. Vorwarnen, bitte Hund nicht beachten, sich nicht in der Nähe von Piggy aufhalten und vor allem NICHT anfassen.

Man kann mit Schlägen jeden lieben Familienhund, jede Rasse zu einem bösen, bissigen Hund ›abrichten‹. Auch das hat mein ehemaliger Tyrann geschafft.

In jener Zeit ist auch meine geliebte Katze Maudi gestorben. In Gedanken lebe ich wieder in der Vergangenheit.

Ich sehe, wie der Kater die Quartierstraße entlang schwankt. Immer wieder auf die eine Seite fällt. Sich aufrafft, um weiter zu gehen. Ich kann mir gut vorstellen, dass der Kater auf der Flucht vor diesem Unmenschen ist. Erkenne, dass es dem Kater sehr schlecht geht. So sage ich dem Tyrannen, dass ich nun nach dem Kater schauen gehen muss. Zur Antwort bekomme ich, lass die Katze verrecken, es ist doch nur ein Tier. Ich glaube, nicht richtig zu hören. Doch er wiederholt seine Worte immer wieder.

»Du gehst jetzt nicht aus dem Haus wegen diesem blöden Tier«, knallt ER mir wütend an den Kopf. Schlägt mir mit der flachen Hand ins Gesicht.

Ich nehme meinen ganzen Mut zusammen, renne, so rasch ich kann zu Maudi, der immer noch taumelnd davon zu laufen versucht. Als ich ihn einhole, hebe ich ihn auf meine Arme. Spreche beruhigend auf den Kater ein. Sehe, wie übel es ihm geht. Trage ihn in meinen Wagen, rase ins Haus, um den Tierarzt zu informieren. Die Tierarztpraxis ist bereit geschlossen, doch ein Tonband ist zu hören, das den nächsten Tierarzt der Notfall hat, bekannt gibt. Mit Angabe der Telefonnummer. Sofort rufe ich dort an und darf umgehend den Kater vorbei bringen. Hinter mir höre ich die wütende Stimme, stampfende Schritte, die sich mir nähern. ER versucht, mich festzuhalten, schreit mich an.

Heute weiß ich nicht mehr, wo ich den Mut und die Kraft hergenommen habe aus dem Haus zu flüchten. Fünfzehn Minuten später treffe ich bei der Tierärztin ein. Sie untersucht Maudi gründlich. Rasch erzähle ich der Ärztin, was vorgefallen ist, dass

Maudi mit seinen zwölf Jahren nicht mehr der Jüngste ist.

Eine Infusion läuft bereits in seinen dünnen Beinchen. Seine Blicke zu mir sprechen Bände. Ich kann meine Tränen nicht mehr aufhalten. Spürt Maudi, dass sein letztes Stündchen geschlagen hat? Will er mir sagen, erlöse mich? Oder hilf mir? Immer wieder streichele ich über sein im Moment struppiges Fell. Kraule ihn, spreche mit ihm.

Meine Tränen netzen ihn. Sein Blick, ich vergesse diese Augen, diesen Blick, so wie sie in diesem Moment aussehen, nie mehr.

»Er muss wohl einen Schlaganfall erlitten haben. Es könnten jedoch auch epileptische Anfälle sein. Ich muss ihm Blut abnehmen, um die genaue Diagnose stellen zu können. Wie lange dauert dieser Zustand schon. Sein Herz tönt für sein Alter noch gut, doch die Lungengeräusche gefallen mir nicht«, erklärte sie mir.

»Wir können ihm mit Tabletten das Leben noch etwas verlängern, doch gesund wird der Kater leider nicht mehr. Die Schmerzen können wir lindern, doch bedenken Sie, er kann jederzeit wieder hinfallen. Wenn er sich dann auf der Straße oder auf Stufen, Möbeln oder Katzenbaum sitzt und stürzt, kann das böse enden. Vor allem, wenn niemand zu Hause ist. Die Entscheidung liegt bei Ihnen. Hinauszögern?

Erlösen? Leiden lassen? Ich lasse Sie nun einige Minuten mit dem Kater alleine. Überlegen Sie sich gut, wie Sie sich entscheiden. Die Infusion steckt, er würde friedlich einschlafen. Die Medikamente würden sein Leben vielleicht für eine Woche oder Monate verlängern. Doch er dürfte nie allein bleiben«, versuchte die Tierärztin, mich aufzuklären.

Wer schon einmal vor einer solchen Entscheidung stand, kann es mir nachfühlen, wie ich mit mir hadere. Steht es in meiner Macht, über Leben und Tod zu entscheiden?

Wie schwer es ist, einen solchen Entschluss zu treffen. Ich liebe Maudi über alles. Er hat mich lange Jahre begleitet. Was hat er nicht alles mit mir durchgestanden? Die Geburt vom Sohn, der Tod von meinem Mann. Diesen Tyrannen, der jetzt bei mir zu Hause wie die Made im Speck hockt. Maudi immer und immer wieder gequält hat.

Wie oft hat der Kater es vor Jahrzehnten zugelassen, wenn Sohnemann IHN als Patienten oder Jäger eingesetzt hat.

Wie oft haben wir über den Kater gelacht. Nun soll ich das alles durch mein JA oder NEIN ändern? Soll ich ihm das Leben verlängern? Jemanden suchen, der ihn vor sich selbst beschützt? Vor dem Tyrannen zu Hause behütet? Wie heftig muss er leiden? Wie groß sind seine Schmerzen? Möchte Maudi eingesperrt und eingeschränkt sein Katzenleben weiter leben? Wie ich mich auch entscheiden werde, ich mache mir danach immer wieder Vorwürfe. Wenn ich JA sage, werfe ich mir vor, getötet zu haben. Wenn ich NEIN sage, mache ich mir Vorwürfe, weil ich meine Katze leiden lasse. Es fällt mir so schwer. Ich weiß nicht, wie ich mich verhalten soll.

Ich versuche, meinen Sohn telefonisch zu erreichen. Ich weiß, dass es wohl sinnlos ist, da er mit mir nicht mehr sprechen will. Warum er genau jetzt in diesem Moment an sein Handy geht, kann ich nicht sagen. Hat mein Sohn gespürt, dass ich ihn jetzt brauche? Ich bin überglücklich seine Stimme zu hören. Er aber merkt, dass etwas vorgefallen sein muss. Ich erkläre ihm alles und wir entscheiden gemeinsam.

Mein Sohn steckt mitten in der Ausbildung zum Krankenpfleger. Er müsste doch besser Bescheid wissen und vor allem ist es auch sein geliebter Kamerad, der Kater.

Die Ärztin betritt den Behandlungsraum, als ich gerade das Gespräch mit meinem Sohn beende. »Wie sieht es aus? Was möchten Sie? Haben Sie einen Entschluss gefasst?«, fragt sie mich einfühlsam.

»Mein Sohn und ich haben uns beraten. Wir lassen Maudi nicht leiden. So schwer es uns fällt, er hat es mehr als nur verdient, keine Schmerzen aushalten zu müssen. Wir haben nur eine Bitte, dass ich ihn danach mitnehmen darf. Ich weiß, dass es verboten ist, sein Haustier im Garten beizusetzen. Wir, mein Sohn und ich können unser ›Familienmitglied‹ nicht in einer Tierverwertung entsorgen lassen. Nie und niemals. Ist das durchführbar?«

Sie nickt nur und beginnt damit, die Spritze parat zu legen, die für Maudi den Tod, die Erlösung bedeutet. Für mich bedeutet das eine höllische Qual. Doch ich habe mir geschworen, was immer auch kommt, ich lasse keines meiner Tiere alleine oder jemals leiden. Ich begleite jedes bis zum Tod, jedes Tier hat diesen Respekt verdient. So hart das für die Katzen- und Hundehalter auch ist. Bestimmt gibt es auch andere Tierhalter, die nicht meiner Meinung sind.

Es passiert sehr rasch. Die Flüssigkeit wird in die Infusion gespritzt und Maudi wird müde. Er schaut mich ein letztes Mal an. Seine Augen, seinen herzzerreißenden Blick vergesse ich mein Leben lang nie mehr. Ich meine zu erkennen, dass er Danke zu sagen scheint. Ich streichle ihn unter Tränen die restliche Zeit, rede auf ihn ein.

Küsse sein Köpfchen. Es schüttelt mich. Zittere von Kopf bis Fuß, mir wird kalt, eiskalt und übel.

Habe ich richtig entschieden? Was tat ich nur? Heule, weine wie ein kleines Kind. Es zerreißt mir mein Herz. Ich bin unendlich geknickt, dass Maudi so von uns gehen muss. Das die Entscheidung über Leben und Tod nicht einfach ist, wusste ich. Ich versprach mir einst, dass ich jedes Haustier ein Leben lang begleiten werde, was immer auch geschieht.

Die Tierärztin rät mir, abzuwarten, bevor ich nach Hause fahre. Sie möchte auf Nummer sicher gehen, dass Maudis Herz aufgehört hat zu schlagen. Das ich in meinem jetzigen Zustand keinen Unfall baue. Sie bettet Maudi in eine Transportbox, die mit flauschigen Tüchern ausgelegt ist. So mache ich mich spät nachts auf den Weg.

Klar, dass ich erwartet werde. Angeschrien, angepöbelt und geschlagen werde. Ich spüre diesen Schmerz nicht mehr. Die Transportbox liegt immer noch in meinem Wagen, damit ER nichts davon sieht. Maudi seine Ruhe hat. Ich werde ihn, wenn der Tyrann außer Haus ist, an seinem Lieblingsort im Garten begraben. Anderntags mache ich mich sofort ans Werk. Piggy und die Katzen begleiten mich. Schnuppern am leblosen Maudi.

Trauern die alle um ihren Freund? Es sieht so aus, denn sie harren Stunden am Grab aus. Minouche legt sich immerfort auf jenen Ort im Garten, als würde er Wache halten.

Einzig und allein Sohnemann, ich, Piggy, Minouche und Tiger, wissen wo Maudi begraben, liegt. Ich kaufe eine Gartenbank, platziere diese über dem Grab, sodass ich ab und zu bei meinem Maudi verweilen kann. Der Tyrann aber fragt nicht ein einziges Mal, wo der Kater geblieben ist ...

Ich beginne bei einer Bekannten im Hunde-Katzen-Ferienheim zu arbeiten. Das führt zu neuem Streit und Schlägen. Durch sie finde ich langsam die Kraft, mich zu wehren.

Nach genau neun Jahren verlange ich, dass ER in drei Wochen seine Koffer packt und aus meinem Haus ausziehen muss. Die drei Wochen Krieg, Qual für mich und die Haustiere bedeuteten. Ein Anruf bei der Polizei nutzt nichts. Antwort der Polizei vom Dorf, wenn nichts passiert ist, kommen wir auch nicht.

Endlich ist es soweit, der Tyrann ist ausgezogen. Er fand es noch von Nöten, mich zu bestehlen. Umgehend lasse ich sämtliche Türschlösser austauschen.

Ich mache mich auf die Suche nach meinem Sohn. Nach dem letzten Telefongespräch gab er mir seine Adresse an. Wir sprechen uns aus. Ich entschuldige mich bei ihm, dass ich ihm nicht geglaubt habe. Stundenlange Gespräche werden wir benötigen, das Erlebte zu verarbeiten. Doch Sohnemann kommt zu mir zurück. Für mich ein Tag, der es verdient, nie mehr in Vergessenheit zu geraten.

Monate sind ins Land gezogen. Viel gibt es zu tun. Die Arbeit muss ich mir einteilen. Sohnemann beginnt sein Leben neu zu gestalten. Immer mehr eifert er seinem Vater nach. Beginnt sich sportlich zu betätigen. Läuft mit Piggy jeden Tag den Vita Parcours. Immer wieder vorbei an jenem unglücklichen Ort. Beide, Piggy und Sohn halten jedes Mal inne, bevor sie mit frischer Energie weiter in den Wald hinein laufen.

Ich vermute, dass er so seine Trauer, den Verlust verarbeitet. Die vergangen Jahre mit dem fremden Mann im Haus nagen an uns. Wegziehen in ein anderes Dorf, das möchte er nach wie vor nicht. Ich versuche, den Traum von meinem geliebten Mann, weiter zu verfolgen. Schufte immer mehr im Tierferienheim der Bekannten. Die Bekannte ist mittlerweile zur besten Freundin geworden. Trotzdem bin ich immer für den Sohn da sein. Zeit, mit ihm zu verbringen. Die Katzen und der Hund dürfen auch nicht zu kurz kommen.

Schleppend kehrt der normale Alltag wieder ein. Doch schlaflose Nächte begleiten mich bis heute.

Der Blonde

Ich arbeite weiter bei meiner Freundin. Samstag und Sonntag begleiten mich Sohn und Piggy. Beide genießen die Zeit mit den fremden Tieren.

Sohnemann verschwindet im Pferdestall. Piggy wird in einem der Außenbereiche, mit vier anderen Hunden untergebracht. Die Hunde haben ihren Spaß. Können in dem, mit einer zweieinhalb Meter hohen Mauer eingezäunten Auslauf herumtollen. Ihr spezieller ›Freund‹ der ersten Minute? Ein schöner imposanter Berner-Sennen-Rüde namens Kali. Dieser Kali muss Monate im Hundeheim verbringen. Herrchen und Frauchen haben sich getrennt. Der Streit, bei wem dieser Hund nun wohnen darf, dauert an. Die Tochter des getrennten Paares kommt nur ab und zu, um zu sehen, ob Kali noch lebt. Uns tut Kali leid, denn der Rüde kann nichts dafür. So nehmen wir ihn ab und zu mit zu uns nach Hause. Er gehorcht aufs Wort, wenn wir mit beiden Hunden unterwegs sind. Die Katzen mag er auch. Nie hat er Anstalten gemacht, eine der Katzen zu jagen. Er ist eher ängstlich den Samtpfoten gegenüber.

Sohnemann mistet den Stall aus, ich helfe der Freundin und reinige die Hunde-Innen-Zwinger. Die Freundin besteht auf Rudelhaltung. Sie kennt die meisten Hunde und weiß, wer mit wem, in den Auslauf darf. Sie hat ein Gespür dafür entwickelt, das mich fasziniert. Oft sitzen wir gemeinsam in einem der Freilaufgehege am Boden und beobachten das Treiben der Hunde. Sie erklärt mir, auf was ich achten muss.

Ich lerne sehr viel und versuche, das Erlernte umzusetzen. Immer ist die Freundin dabei, nicht dass es in einer Rauferei endet, wenn ich die Hunde in einen gemeinsamen Zwinger lasse.

Ich weiß heute nicht mehr, wie es kam. Piggys Instinkt?

Eines Tages sehe ich draußen auf der Pferdekoppel einen blonden, langhaarigen Mann, der Holz hackt.

Ich rufe sofort die Freundin zu mir, löchere sie. »Wer ist der Fremde? Was hat der hier zu suchen? Kennst du den?«

»Das ist ein Freund. Er geht mir ab und zur Hand. Fällt die morschen Bäume. Hackt das Holz, damit ich im Winter den Ofen einheizen kann. Sorgt vor, nicht dass der morsche Baum eines Tages auf eines der Pferde fällt. Was ist mit ihm, gefällt er dir?«, schäkert sie.

Ich verneine. »Für mich kommt kein Mann mehr in Frage. Nein, niemals mehr. Habe genug von dem männlichen Geschlecht.«

Sie lacht, schüttelt den Kopf. »Komisch, bei ihm tönt es gleich. Nur dass er keine Frau mehr möchte. Dann besteht ja für euch beide kein Risiko. Ich kann euch einander vorstellen, ohne dass ich Gefahr laufe, dass ihr euch verliebt.« Sagt es und verschwindet wieder bei den Hunden.

Tage vergehen, der Fremde kommt nicht mehr. Ich vermisse ihn nicht, allerdings wurmt es mich. Komisch. Bis zu jenem Sonntag.

Sohnemann ist im Stall bei den Ponys hinter dem Haus. Piggy und Kali haben Freigang, da am Sonntag weder Besucher noch Personen ihre Lieblinge bringen oder abholen können. Sonntag ist für die Öffentlichkeit Ruhetag. Arbeiten muss man nichtsdestotrotz. Denn die Hunde, Katzen, Hühner, Ziegen, Pferde, Ponys, Enten und was sonst noch alles auf dem Hof, ein Daheim gefunden hat, braucht Pflege. Es gibt nun mal kein Tier, dass am Sonntag nicht ›muss‹.

Vor dem Haus sind die Stallungen der Pferde. Die Freundin ist im Stall beschäftigt, als sie es sieht. Sie ruft nach mir, so laut, so durchdringend, dass ich Panik bekomme. Was um Himmels willen ist geschehen? Ich renne in Windeseile, was bei diesem Bodenbelag und mit den diversen Kotresten an meinen Schuhsohlen, nicht gerade hilfreich ist. Komme total aus der Puste, schnaufend wie ein altes Brauereipferd bei ihr an. Sie steht nur da, stemmt beide Arme in ihre Hüften. Krümmt sich vor Lachen. Jetzt sehe ich es auch. Kali und Piggy frönen einem neuen Hobby. Die Freundin wirft jeweils die unbrauchbaren Hühnereier auf den Misthaufen. Deckt die dann mit genügend Pferdemist zu. Der Duft der faulen Eier muss einen Reiz auf die beiden Hunde ausüben. Beide Hunde bearbeiten mittig den Misthaufen. Graben mit ihren Vorderpfoten im dampfenden Misthaufen herum. Duftwolken entweichen, die es uns schwer machen, zu atmen. Die zwei legen sich hin, wälzen sich. Stoßen auf die Eier, fressen die genüsslich auf. Piggys Fell ist nicht mehr blond. Kalis Körper wirkt korpulenter. Wenn der Pelz der Beiden so riecht, wie er aussieht, dann fröhliche Auto-Heim-Reise.

›Fertig, Schluss‹, denke ich mir. Suche in der Empfangshalle, wie wir den Vorraum nennen, nach passenden Halsbändern und Leinen. Piggy wird zuerst eingefangen. Halsband mit Leine montiert, dann ab mit ihr. »Jetzt wird geduscht, geschrubbt und wieder ein Hund aus dir gezaubert.« Gesagt getan.

Im Hundeheim hat die Freundin eine extra geräumige, gemauerte Dusche einbauen lassen. So geht das Baden der verschieden großen Hunde um einiges müheloser wie zu Hause.

Fertig. Ich geleite die propere, gesäuberte, wohlduftende Miss Piggy nach draußen. Zurre sie am Gartenzaun fest, nicht dass sie auf die Idee kommt, einen Abstecher auf den Misthaufen zu unternehmen. Nun folgt dasselbe Spiel mit dem Brocken Kali. Kalis Badespaß fordert meine ganzen Kräfte. Nach der Hundewäsche zieht Kali mich buchstäblich durch den Korridor.

Angelangt an der frischen Luft auf dem Vorplatz, steht er, der blonde Mann. Lacht sich den Buckel voll, denn ich muss ein komisches Bild abgegeben haben. Mit Schmutz behaftet, verschwitzt, durchnässt, die Haare zu einem Dutt zusammengebunden. Muss aussehen wie ›Witwe Bolte‹ aus Max und Moritz, nur ohne Kopftuch. Einen kräftigen Hund an der Leine, der den Weg vorgibt, mich hinter sich herzieht.

Sohnemann steht nicht unweit entfernt und lacht lauthals, als er uns in unserer ganzen Schönheit antraben sieht. Nun gesellt sich die Freundin dazu, angelockt vom Gelächter, tritt sie aus dem Pferdestall. Sofort stimmt sie in das Gelächter mit ein.

»Du solltest dich mal sehen. Geh in die Gästetoilette in der Empfangshalle und betrachte dich im Spiegel«, lacht sie munter weiter.

Wie ich mich da im Spiegel so begutachte, muss ich zugeben, dass ich in keiner Weise so aussehe, wie ich normalerweise ausschaue. Erkenne mich selbst kaum. Schäme mich, dass der Blonde mich so zu sehen bekam. Was nun? Meine Ersatzkleider sind im Auto. Um an jene zu gelangen, muss ich wiederum an allen vorbei laufen. So rufe ich meinen Sohn zu mir. Bitte ihn, mir aus der Patsche zu helfen. Er soll mir doch den Beutel mit den frischen Klamotten aus dem Wagen holen.

Nach kurzer Diskussion rennt er mit schallendem Gelächter und einigen Kommentaren zum Auto und ich in die Hundedusche. Was bleibt mir anderes übrig? Ich habe leider zuvor vergessen nach einem passenden, blitzblanken Badetuch zu suchen. So heißt es abwarten, oder meinen Luxuskörper mit dem Hundetrockengebläse warm abzuföhnen. Wenn jetzt nur keiner um die Ecke kommt und das sieht. Wie ich da so nackt dastehe, in voller Pracht, steht mir nichts, dir nichts die Freundin vor mir.

»Ja, guck nur, meine zarte Haut verträgt kein Frottiertuch«, teile ich ihr beleidigt mit. Gemeinsam treten wir auf den Vorplatz. Ich stecke in frischen, wohlriechenden Klamotten, die Haare nass, stehe ich da, wie ein übergossener Pudel. Jedoch um einiges schöner anzusehen, als vor einer Stunde. Der Blonde hat sich nicht von der Stelle gerührt. Ist er so erschrocken, dass er zu Salzsäule erstarrte. Die Freundin holt Getränke und löst die gespannte Atmosphäre. Setzen uns alle mit den gewaschenen Hunden in ihren

Privatgarten und endlich macht sie uns miteinander bekannt.

Wir verabschieden uns von der Freundin und nach einem intensiven Gespräch mit dem blonden Mann. Beide haben wir unsere Meinungen ausgetauscht, so in etwas hat sich das angehört:

»Von Frauen habe ich genug. Alle haben sie nur das eine im Kopf. Geld, Kinder in die Welt setzen um nie mehr arbeiten zu müssen. Nein, von den Weibern habe ich die Schnauze voll. Sie sind eh nicht mein Typ«, klare Worte, die ihre Wirkung nicht verfehlt haben.

Lass ich das einfach auf mir sitzen? Mit Sicherheit nicht. Was fällt dem Blonden ein? Der kennt mich ja überhaupt nicht. Wie kann er dann so ein Urteil fällen. Bin ich gekränkt? Warum nur gebe ich diesen Worten von dem Fremden so viel Bedeutung?

Ich kontere, und zwar so, wie mir der Schnabel gewachsen ist:

»Was fällt Ihnen ein, so ein Urteil über mich zu fällen? Ich kann nur sagen, dass mir solche Männer mit einer eingeschränkten Meinung am Allerwertesten vorbei gehen. Von Ihnen möchte ich nichts, überhaupt nichts. Mein Sohn und ich wir kommen ganz gut ohne einen Mann, wie Sie einer sind, aus. Klar? Ich kann Lampen anschließen, eine Bohrmaschine bedienen, einen Nagel in eine Wand schlagen, kochen und einen Haushalt führen. Inklusive Haus und Garten. Wenn ich mir die Fingernägel dreckig mache, ist mir das egal. Ein Modepüppchen war ich noch nie. Also lassen Sie ihre fundierten Äußerungen über Frauen, die Sie nicht kennen. Mein Typ sind auch Sie bestimmt nicht.«

Kaum gesprochen, bekomme ich ein beklemmendes Gefühl in der Bauchgegend. Was ist nur los mit mir?

Nach Stunden treten Sohn, Piggy, Kali und ich die Heimfahrt an. Am Montag werde ich wieder Hundezwinger, Katzenhaus und deren Toiletten reinigen. Für heute ist genug, Feierabend.

Ein Wochenende mit Kali

Auf der Heimfahrt steigt mir ein Geruch in die Nase, den ich nur zu gut erkenne. Gucke kurz in den Rückspiegel, erkenne nichts Ungewöhnliches.

»Riechst du das auch? Es stinkt nach Pferdeäpfeln«, frage ich meinen Sohn. Er hält sich die Nase zu und nickt mir kurz zu. Die Hunde wurden doch gründlich gebadet? Auf irgendeine Art drückt der unangenehme Geruch wieder durch. Zuwenig schamponiert? Zu kurz eingeschäumt? Keine Ahnung, die Hunde stinken. Fenster kann ich nur einen winzigen Spalt öffnen. ›Bitte Vierbeiner bewegt und hechelt nicht‹, denke ich mir.

Können Piggy und Kali Gedanken lesen? Kaum zu Ende gedacht, beginnen die beiden Schlitzohren, um die Wette zu hecheln. Bewegen sich hin und her und jedes Mal kommt der Duft der großen weiten Welt bis zu mir in die Führerkabine, danke ihr zwei.

Der Nachhauseweg mit erwähntem Geruch wird zur Tortur. Hätte ich Wäscheklammern einpacken sollen? Nach dreißig Minuten ist unser Ziel erreicht. Ich lasse die beiden Hunde erst einmal im Garten, um dort gemütlich auslüften zu können.

Soeben im Haus stell ich mir vor, wie die beiden Hunde durch den Gewürzgarten lustwandeln. Ab und zu an einem Minzeblatt oder Rosmarin knabbern. ›Mundgeruch ade‹, denke ich mir. Trete zum Wohnzimmerfenster, um mich zu orientieren, was die beiden im Garten treiben. Was ich zu sehen bekomme, erfreut mich nicht. Nein ganz im Gegenteil.

Öffne das Fenster und schreie erst einmal lautstark. »Raus aus meinem Kräutergarten, aber sofort.«

Was zur Folge hat, dass die beiden Hunde sich weder zu mir umdrehen, noch, dass sie von den Gewürzen die Schnauze lassen. Munter trampelt Kali die Kräuter nieder. Verfolgt von der zierlichen Piggy, deren Pfoten Abdrücke sichtlich weniger ins Gewicht fallen. Ich muss wohl oder übel zu den ›Stinktieren‹ in den Garten. Ausgelüftet sollen die nun sein, was ihnen aber nicht das Recht gibt, einen Kahlfraß zu veranstalten. Wie ich die Haustür öffne, rasen die Zwei wie von der Tarantel gestochen durch die frisch angelegten Blumenbeete. Kali trampelt jedes noch so stabile Pflänzchen nieder. Piggy verfolgt ihr Vorbild, um Eindruck zu schinden, so kommt es mir vor.

Bin ich hier im falschen Film? Hatten die Pferdeäpfel so viele Proteine, dass die Hunde nun zuerst die zu sich genommene ›Köstlichkeit‹ verarbeiten, verdauen müssen? Abreagieren? Dampf ablassen? In meinem mühsam angelegten Garten? Da bleibt mir wohl nichts anders übrig, als mit den durchgeknallten Vierbeinern einen ausgiebigen Spaziergang zu unternehmen. Rufe meinen Sohn zu mir, damit er mich bei diesem Vorhaben unterstützt. Man kann ja nie wissen, was den beiden Wildtieren unterwegs noch alles in den Sinn kommt. Zu zweit haben wir die Fellnasen besser unter Kontrolle ...

Wer es glaubt, wird selig. Denn wehe, wenn sie losgelassen.

Piggy führe ich an der Leine. Mein Sohn, der Mann im Haus übernimmt Kali, das Monster. Kali zieht und rupft an der Leine. Springt hoch in die Luft. Sucht eine Gelegenheit, um abzuhauen. Dass mein Sohn nicht hinter Kali in der Luft hinterher flattert, ist ein Wunder. Sohnemann stemmt beide Füße fest auf den Feldweg, legt sich leicht in Rückenlage und redet unaufhörlich auf Kali ein. Der hingegen sieht nur eines, ›die Freiheit ruft‹.

Wir entscheiden uns, bevor ein Unfall geschieht, die beiden von der Leine zu lassen. Siehe da, beide gehorchen uns aufs Wort. Keiner der beiden haut ab. Nein, es gibt zu schnuppern, zu toben, zu rennen, und vieles ist für Kali neu zu entdecken. Komischerweise läuft das ›Monster‹ schön bei Fuß, wenn man es von Kali verlangt. ›Zu einem früheren Zeitpunkt muss der Hund ein Erlebnis mit einer Leine gehabt haben‹, denke ich mir. Denn sobald er die Leine sieht, wird er unruhig. An der Leine normal zu gehen ist unmöglich. Ich mache es mir zu meiner nächsten Aufgabe, Kali wird eines Tages ohne zu ziehen oder zupfen, an der Leine spazieren gehen können.

Wir kehren nach Hause zurück. Die Vierbeiner ausgepowert und wir hundemüde und hungrig. Der Tag war anstrengend. Mit Überraschungen. Im Nachhinein am Abend, als wir auf dem Sofa, darüber sprechen, kann auch ich über mich lachen. Die Vierbeiner, Hunde und Katzen gesellen sich zu unseren Füssen.

Wir lachen und vergessen doch für einen Augenblick die Sorgen des Alltags. Die Nacht bricht herein. Müde fällt jeder von uns in sein Bett.

Kali mit Piggy im Wohnzimmer, die Katzen verteilt beim Sohn und mir. Sohnemann ruft wie üblich zu meinem Zimmer hinüber: »Gute Nacht, Mami. Bis morgen.«

Ich antworte: »Schlaf schön mein Sohn und träume etwas Schönes.«

Es muss schätzungsweise drei Uhr in der Nacht sein. Von irgendwoher ertönt ein Plätschern. Ich trete an das Fenster, überzeuge mich, dass es nicht regnet. Habe ich einen Wasserhahn nicht zugedreht? Woher kommt das Geräusch und vor allem, was ist los? Der Zimmerbrunnen? Läuft der Zimmerbrunnen über? Kann nicht sein, dass jener sich selbstständig auffüllt.

Ich begebe mich, so wie ich angezogen bin, auf leisen Sohlen auf die Suche. Geistert es im Haus? Wie ein Einbrecher schleiche ich durch mein eigenes Haus. Verfolgt werde ich von Minouche. Er, der zu meinen Füssen geschlafen hat, jede Regung von mir sofort wahrnimmt. Will er mich beschützen? Barfüßig, vorsichtig, geräuschlos um meinen Sohn nicht zu wecken, den vermeintlichen Eindringling nicht zu erschrecken, gehe ich Tritt um Tritt die Treppe zum Erdgeschoss hinunter.

Etwas bange ist mir. Um ehrlich zu sein, Schiss habe ich. So lautlos wie möglich trete ich ins Wohnzimmer. Versuche, beim Atmen keine Geräusche von mir zu geben, was fast unmöglich ist. Piggy blinzelt mich verschlafen an. Sie verzeiht es mir nicht, dass ich sie in ihrer wohlverdienten Ruhe geweckt habe. Das erkenne ich an ihrem Blick. Doch, geht es mir durch den Kopf, wenn ein Fremder im Haus ist, warum schläft dann unser ›Wachhund‹ so friedlich? Ist jemand im Haus, den wir kennen? Kam der Tyrann zurück? Ein mulmiges Gefühl beschleicht mich. Gemächlich trete ich hinaus in den Korridor. Nähere mich dem Geräusch. Wie kann ich mich wehren, wenn ich auf den Einbrecher treffe? Greife nach dem Regenschirm, der unweit von mir im Ständer steht. Halte diesen wie ein Schwert schlagbereit mit beiden Händen fest. Das Geräusch kommt näher und näher. Betrete die Gästetoilette. Was ich nun zu sehen bekomme, verschlägt mir den Atem. Wie kann das Monster mir das antun?

Kali, der Berner-Sennen-Rüde sitzt da in einer riesigen Lache und glotzt mich seinen großen, dunkelbraunen Augen an. Erschrocken, dass ich ihn ertappt habe.

»Wie kannst du mir das antun? Was ist denn in dich gefahren. Hast du noch alle Tassen im Schrank?«, schimpfe ich auf den Rüden ein. Jetzt erst spüre ich das kalte Wasser unter meinen Füssen. Aus Panik ist mir das bis gerade eben gar nicht aufgefallen. Das Wasser reicht bis weit hinaus in den Korridor. Wie ein kleiner Bach schlängelt sich dieser in Richtung Küche. Und Kali? Kali macht munter weiter. Säuft doch wahrhaftig, grauenvoller als jede Kuh, aus der Kloschüssel. Das ist ja nicht das Schlimmste, doch wie er trinkt. Er schluckt nicht alles Wasser, nein, die Hälfte davon tropft, fließt aus seinem enormen Maul. Hat der Vierbeiner nie gelernt, wie man richtig trinkt?

Muss ich ihm nun auch noch Manieren beibringen? Hat der Hund denn keine Kinderstube erfahren? Ich bin mir todsicher, dass die Kloschüssel zu war. Ich kann es nicht leiden, wenn Toiletten offen stehen.

Wenn jemand die Toilette benutzt und danach nicht den Deckel schließt. Das geht gar nicht. Wie hat

Kali, das Monster, das hinbekommen? Er muss wohl mit seiner Schnauze so lange unter dem Rand des Klodeckels gestupst und geschoben haben, bis er diesen öffnen konnte. Warum trinkt er hiervon und nicht aus dem Wassernapf, den ich extra für den Gast von Piggy in der Küche bereitgestellt habe? Ist das Klowasser besser? ›Pfui‹, denke ich, ›das kann nicht angehen. Die Unart muss ich ihm abgewöhnen.‹ Nun beginne ich erst einmal den Hund aus der Gästetoilette zu treiben. Klar, dass durch meine Geräusche alle im Haus hellwach geworden sind.

Umzingelt von Sohnemann, den Katzen und Piggy muss ich ein sagenhaftes Bild abgegeben haben. Nur in T-Shirt und Slip, bewaffnet mit dem Regenschirm in der einen Hand, stehe ich verdutzt da.

Was bleibt mir anderes übrig, als die Schweinerei aufzuwischen? Die Böden zu trocknen? Hole trockene, bereits benutzte Lappen, einen Eimer und mache mich mürrisch ans Werk. Der Fliesenboden erweist sich als sehr rutschig, wenn er nass ist. Ich krieche auf allen vieren gemütlich voran, tupfe mit den Lappen das Wasser vom Boden auf. Versuche, das Gleichgewicht beizubehalten, als ich den Lappen über dem Eimer auswringe. Es passiert, was ich bereits vermutet habe.

Rutsche aus und klatsche der Länge nach auf den harten, nassen Boden. Da liege ich nun, flach wie eine

Flunder im Schmutzwasser. Gucke um mich und sehe nur lachende, schadenfreudige Gesichter. Können Hunde und Katzen so gemein grinsen?

Mein Sohn hilft mit, verzieht seinen Mund und lacht aus voller Kehle drauf los.

»Mami, gehört das zum Schaulaufen oder studierst du eine Akrobatiknummer ein?«, hänselt er mich morgens um vier Uhr.

»Pack besser mit an, als mich zu verhöhnen. Schnapp dir einen Lappen und hilf mit, umso eher können wir noch zwei Stunden schlafen«, schnauze ich ihn an.

Nach langem Hin und Her hilft er mir, unter stetiger Belustigung. Kali jedoch verzieht sich. Doch nicht auf dem direkten Weg auf seinen Schlafplatz. Nein, er trampelt erst durch den gesamten Korridor, darauf durchquert er die Küche und dann das Wohnzimmer. Wasserpfützen weisen uns den Weg, denn er tropft immer noch munter vor sich her. Sein Fell nass von Kopf, Hals, Pranken bis hin zum Bauch. Patschnass ist er und riechen tut er, wie ein nasser Hund so duftet …

Endlich kehrt wieder Ruhe ein. Vorsichtshalber verschließe ich die Toilettentür. Obwohl ich es nicht liebe, wenn Türen verschlossen sind im Haus.

Noch einige Stunden können wir uns ausruhen, doch richtig schlafen kann ich nicht mehr. Ob ich mir den Kali noch einmal ins Haus hole? Wer weiß, Piggy hat nun mal den Narren an dem Typen gefressen.

Wir werden es sehen ...

Piggy verguckt sich in den Blonden

Nach einem turbulenten Wochenende beginnt der Montag, wie jeden Montag. Sohnemann aufwecken und vor allem aus dem kuschelig, warmen Bett holen. Es ist selten genug, dass er ein Wochenende frei hat, dass er dann logischerweise mit seinen Freunden bis tief in die Nacht verbringt. Die Katzen, Piggy und Kali, die bereits erwartungsvoll in er Küche auf ihr Futter warten und endlich ihr Fresschen verlangen. Wobei man bei Kali mitnichten füttern sagen kann. Kali verschlingt sein Futter, guckt mich an, als ob er mich enttäuscht fragen möchte, ist das alles, was ich zum Fressen erhalte? Der Berner-Sennen-Rüde ist gewaltig gewachsen, was man vor allem an seiner etwas korpulenten Figur erkennt. Dass er gut im Futter ist, erkennt ein Blinder. Eine Diät schadet dem Monster nicht. Nur verstehen will Kali das unter keinen Umständen. Doch dieses Mal bleibe ich hart, er erhält kein Diätfutter, jedoch ab diesem Zeitpunkt heißt es für ihn ›FDH‹, friss die Hälfte und das unter Kontrolle.

Sofort nach der Fütterung der Raubtiere öffne ich die Haustür. Trete beiseite, bevor ich überrannt werde von der Bande. Denn wenn Kali erst einmal in Fahrt ist, werde ich überrollt. Das möchte ich in jedem Fall vermeiden. Möchte nicht flach auf den kalten Boden knallen, damit alle Haustiere mich als ›roten Teppich‹ benützen können, um ihre Pfoten sauber zuhalten.

Gemeinsames Frühstück mit Sohn. Kurz den Haushalt einigermaßen in Ordnung bringen, nicht dass ich am Nachmittag nach der Arbeit im Tierheim ein Chaos im Haus vorfinde. Sohn, Piggy, Kali und ich steigen in den Wagen. Den Sohn fahre ich zum nächsten Bahnhof, damit er pünktlich zur Ausbildung im Spital gelangt.

Überzeuge mich, dass Sohn den Zug nicht verpasst, um danach weiter zu fahren bis zum Ferienheim für Vierbeiner, Federvieh, Pferde und anderes Getier.

Wie jeden Morgen werden wir schon von einem dröhnenden Hundegebell erwartet. Momentan verbringen über vierzig Hunde und ein paar Katzen ihren Urlaub im Ferienheim. Da ich nicht möchte, dass die beiden wieder auf dem Miststock naschen gehen, dürfen Piggy und Kali in einen Auslauf. Mit fünf anderen Hunden, mit denen sie sich gut verstehen. Nun kann die Bande sich austoben. Nach und nach lassen wir die anderen Hunde in die dafür vorgesehen Ausläufe. Meine Freundin kümmert sich um die Pferde, da ich vor Pferden Respekt habe. Ehrlich gesagt, habe ich Muffensausen.

Bei mir steht eine Menge Arbeit auf dem Programm. Nichts für empfindliche Nasen. Ich musste mich an die diversen ›Gerüche‹ erst gewöhnen. Wobei ich gestehen muss, dass ich auch heute noch ab und zu Luft schnappen gehen muss.

Hundezwinger reinigen. ›Na dann mal Prosit‹, denke ich mir. Augen zu und durch. Dem Gestank nach zu urteilen, verbringen einige Hunde hier ihre Ferien, denen es nichts ausmacht, auf Beton ihr ›Geschäft‹ zu hinterlassen. Da gibt es nur eines zu tun. Gummistiefel anziehen und Wasserschlauch holen. Ab ans Werk mit mehr oder weniger Motivation. ›Einer muss ja diese Arbeit verrichten‹, denke ich mir. Der Gummischaber kommt zum Einsatz. Diese erfreuliche Arbeit ist nicht die einzige, die ich hier erledige.

Das Katzenhaus mit den Katzenklos wartet. Die Schmutzwäsche von den Hunde- und Katzenbetten muss gewaschen werden. Ab geht es zu den Hühnern, Gänsen, Enten und den Ziegen. Was mich an Gestank nicht umbringt, macht mich bärenstark. Dass ich sporadisch genauso rieche, wie die Tiere hier, fällt mir selbst nicht mehr auf. Zum Glück muss ich nicht mit einem öffentlichen Verkehrsmittel nach Hause. Ich denke, ich hätte den Bus wohl für mich alleine. Wäre doch einmal eine Option. Einen Versuch wert, um zu gucken, was dann passiert, stelle ich mir vor.

Ist die Arbeit erledigt, machen meine Freundin und ich erst einmal eine Kaffeepause. Beide sehen wir nicht hundertprozentig zum Anbeißen aus …

Ab zehn Uhr morgens ist das Tierheim für die Öffentlichkeit zugängig. Einige bringen ihre Haustiere, die einen Urlaubsplatz gebucht haben, andere hingegen nehmen ihre Lieblinge in Empfang.

Die Haustierbesitzer werden immer überschwänglich von ihren Vierbeinern empfangen. Uns vorher frisch zu machen ist nicht, dazu fehlt uns die Zeit. Ich verschwinde, denn die Hunde dürfen in die gereinigten Zwinger zurück. Je nach dem sind drei bis fünf Hunde miteinander untergebracht. Jeder hat sein Podest mit Decke. Piggy und Kali bleiben sicherheitshalber draußen.

Als ich bei den beiden ankomme, sehe ich ihn, den Blonden. Er lacht mich an und winkt mir zu. Wie er aber lacht, das gefällt mir ganz und gar nicht.

Ich weiß, dass ich nicht taufrisch aussehen kann, nachdem ich in den Ausläufen den Kot der Hunde mit einer Schaufel in einen Eimer verfrachtet habe. Die Arbeit mit den unterschiedlichsten Tieren hinterlässt nun mal Spuren. Spüre, wie mein Gesicht rot anläuft. Hadere mit mir; soll ich dem Blonden die Hunde auf den Hals hetzen? Soll ich zum Blonden hin und ihn zur Rede stellen? Eine Wut steigt in mir auf, als ich an den Samstag zurückdenke. Na, warte, ich zeige dir, dass ich nicht nur schuften kann, sondern mir auch nicht mehr alles gefallen lasse.

In meinen übergroßen Gummistiefeln, der stark verschmutzten Kleidung, einer Frisur, die ich nicht beurteilen kann, stampfe ich wütend zum Blonden. Ich roch noch nie an einem Stinktier, kann mir aber gut vorstellen, dass genau so ein Geruch mir vorausgeht. Nun stehe ich direkt vor ihm und was geschieht? Ich bringe keinen Ton heraus. Benehme mich wie ein Schulmädchen.

»Reiße dich am Riemen, Ellen«, rede ich mir leise zu. »Hast du ein Problem? Komm, sag schon, was passt dir heute nicht?«

»Ich will nichts, gar nichts von dir, wollte nur nett sein«, stichelt der Blonde.

»Ich habe es genau gesehen, du lachst mich dauernd aus. Ich bin nun mal keine deiner Modepuppen, also lass mich einfach in Frieden. Beachte mich nicht. Von euch Männern habe ich die Schnauze gestrichen voll«, sage es und bereue meine Worte keine Sekunde später. Drehe mich um und watschle so rasch es in den Gummistiefeln möglich ist, über die unebene Wiese davon. Watscheln ist übertrieben, stolpern ist der bessere Ausdruck. Ich überlege mir, was ich dem Blonden für einen Anblick biete, wie ich da so davon dackle. Was ist nur mit mir los? Warum bringt mich dieser Typ so in Rage?

Zum Glück ist Fütterungszeit, die bewältigen meine Freundin und ich zusammen. Es muss rasch gehen bei der Anzahl von Hunden. Um vierzehn Uhr ist meine Arbeit getan. So sitzen meine Freundin und ich noch beieinander. Tratschen über dies und das. Ihre und meine Hunde sind bei uns in ihrer Stube im Bauernhaus.

Ich kann es mir nicht verkneifen, den Blonden zu erwähnen. Sie lacht los.

»Hat er dir den Kopf verdreht? Ich sehe es doch, du bist verknallt. Warum sonst würdest du dich über ihn so aufregen? Gute Wahl übrigens«, grinst sie mich an. »Setzt euch doch Mal zusammen, sprecht euch aus. Du wirst sehen, dass ihr gut zusammen passen würdet. Hey, Piggy hat den Blonden schon längst in ihr Herz aufgenommen, falls dir das noch nicht aufgefallen ist«, versucht sie, mir Mut zu machen.

Ich will einfach nicht. Nein, ich will keinen Mann mehr. Immer wieder spricht sie auf mich ein. »Versuche es doch wenigstens. Lass dich bekochen. Denn, was du nicht weißt, er ist Koch. Ein sehr guter Koch. Lass dich von ihm einladen«, endet sie mit ihrer Standpauke.

Mit den Worten, die nicht sehr überzeugend gewirkt haben müssen: »Ich lasse es mir durch den Kopf gehen«, mache ich mich auf den Weg zu meinem Wagen. Lade Piggy ein, denn Kali muss sich bis zum nächsten Wochenende gedulden und fahre erschöpft nach Hause.

Ja, meine momentane Ausdünstung riecht sehr streng im Wagen, das gibt dem Blonden noch lange nicht das Recht, mich dauernd auszulachen. Schon wieder kreisen meine Gedanken um jenen Mann.

Monate habe ich benötigt, bis ich auf die Freundin hörte, die mich täglich bearbeitet hat.

Ich treffe mich zum ersten Mal privat mit dem Blonden. Ich werde bei ihm zu Hause bekocht, als sei ich in einem Fünf-Sterne-Lokal. Wir reden fast die ganze Nacht. Piggy fühlt sich bei ihm sofort daheim. Der Blonde kann sich der Golden Lady nähern, sie ab und zu streicheln. Doch bis sie Vertrauen fassen kann, braucht es Geduld. Ob wir, der Blonde und ich zusammenfinden werden?

Behutsam kommen wir uns näher. Finden immer mehr Gemeinsamkeiten. Monate sind ins Land gezogen. Hin und her gerissen von meinem Gefühl. Auf der einen Seite möchte ich nicht als alte, einsame Jungfer enden. Anderseits kann ich ihm vertrauen? Sechs Monate hat dieser Zustand angedauert.

Er wohnt nun bei mir, doch in getrennten Schlafzimmern. Wir brauchen beide viel Zeit. Denn wir beide sind ›gebrannte Kinder‹ ...

Eine schlaflose Nacht mit Kali

Samstag, wie so oft, darf Kali mit uns mit. Seine Besitzer melden sich nur noch selten, was ich nicht verstehen kann. Es gibt Hunde- und Katzenbesitzer, die bringen ihre Lieblinge ins Ferienheim, obwohl sie wissen, dass ihr Haustier todkrank ist. Wie oft ist meine Freundin oder ich zum nächsten Tierarzt gefahren? Wie oft war es zu spät? Wie können Tierhalter so herzlos sein? Solche, die über den Gesundheitszustand genau Bescheid wissen. Die Tiere abgeben mit der Gewissheit, dass ihr Haustier sterben wird. Um nichts damit zu tun zu haben, falls der Hund oder die Katze aufhört zu leben. Wer sich ein Haustier zulegt, muss doch auch dazu bereit sein, das Haustier bis zu seinem letzten Atemzug zu begleiten. Jedes Lebewesen stirbt einmal. Doch dann dem Tier nicht beizustehen? Verantwortungslos. Abschieben, nennen wir das. Die Verantwortung Anderen überlassen.

Telefonnummer müssen alle hinterlassen, die ihren Liebling in unsere Obhut geben. Doch wir sorgen uns dann. Unternehmen alles, dass dem Tier geholfen wird. Meine Freundin muss die Besitzer dann benachrichtigen. Nachfragen, was mit dem Haustier wird. Wir haben eine Adresse von einem Tierkrematorium, doch einigen ist auch das zu viel. Kostet zu viel Geld. Verscharren sollen wir das Haustier.

So etwas kann ich Kali nicht antun. Er soll ein schönes Hundeleben führen. Zumindest ab und zu bei einer Familie leben.

So auch dieses Wochenende. Er darf über das Wochenende mit nach Hause kommen. Mit der Zeit kenne ich ja die Macken, die der Bursche hat. Doch lernt er immer wieder Neues, um aufzufallen? Um uns zu gefallen? Oder Piggy zu imponieren? So auch diese unvergessliche Nacht ...

Wer jetzt glaubt, Kali sei doof, der irrt sich gewaltig. Die erste Zeit der Nacht ist es angenehm friedlich. Dann ertönt urplötzlich ein mir bereits bekanntes Geräusch. Da wir alle längstens eingeschlafen sind, kann ich das Geräusch nicht einordnen. Höre, dass es vom Erdgeschoss herstammen muss. ›Nicht schon wieder‹, denke ich. Im Dämmerzustand höre ich nun genauer hin. Nichts wie aus den Federn und nachschauen, was die Bande im Erdgeschoss treibt. Ich schleiche lautlos auf nackten Füssen die Treppe zum Parterre hinunter. Betrete das Wohnzimmer. Eines der Vierbeiner muss den Durst am Zimmerbrunnen gelöscht haben. Unvorstellbaren Mordsdurst. Die Lache ist nicht zu übersehen. Lache? Eher ein Teich. Keines der Tiere ist im Raum zu finden.

Ich folge dem raschelnden Geräusch. Erreiche den Korridor. Das Rascheln ist nicht mehr zu überhören. Es knistert und vermischt sich mit Geschmatze. Irgendwer ist am Knabbern. Der Laut kommt aus der Kammer, in der wir unsere Schuhe und Jacken, die wir täglich benützen, aufbewahren. Lautlos, um die oder den Täter in flagranti zu erwischen, bewege ich mich zu jener Kammer.

Das Knacksen, knistern und das Schmatzen ist klar und deutlich zu hören. Zaghaft spähe ich um die Ecke, um einen Blick in die Kammer zu werfen. Mir bietet sich ein ungeheuerliches Bild. Ich bin dermaßen überrascht, dass ich vergesse zu atmen. Kaum zu glauben, was sich in jenem Kämmerlein ereignet.

Kali, nass bis auf die Knochen, hockt da. Es war eindeutig der Rüde, der am Zimmerbrunnen seinen Durst gelöscht und einen See hinterlassen hat.

Am Vortag habe ich bei der Freundin einen 15-Kilogramm-Sack mit dem besten Hundefutter gekauft. Um diesen in Sicherheit aufzubewahren vor den ›Monstern‹, platzierte ich den Sack in der Kammer. Die Zimmertür zog ich hinter mir zu, denn ich wusste ja, dass Kali die Nacht bei uns verbringt. Der Vielfraß Kali hingegen fand einen Trick, wie man eine Zimmertür öffnet. Wie er das angestellt hat, blieb geraume Zeit sein Geheimnis.

Nun also sitzen sie da. Kali und Piggy mitten auf dem Futterberg. Schlemmen und Schmatzen, als hätten sie wochenlang nichts zu Fressen bekommen. Sie schlagen sich ihre Bäuche voll. Sind dermaßen abgelenkt, dass sie mich weder hören noch sehen.

Ich bin mir hundertprozentig sicher, dass Kali der Schuldige ist. Er muss den Futtersack so lange bearbeitet haben, bis dieser Risse bekam. So war es für ihn ein Leichtes, das Papier restlos zu zerreißen. Das teure, leckere Trockenfutter verteilt sich in der gesamten Kammer.

Stückchen vom Futter katapultieren in den Korridor. Die zwei Katzen erhaschen die Stücke, die direkt vor ihren Pfötchen landen.

Ach, die Körner spüre ich, jetzt wo ich barfüßig auf Tatortsuche bin. Die haben sich in meine zarten Fußsohlen gebohrt. Ich muss massiv durchgreifen. Finde meine Stimme wieder und lege lautstark los. Wütend weise ich die Vierbeiner zurecht.

»Was um Himmelswillen ist in euch gefahren? Am Hungertuch nagt ihr bei uns wahrlich nicht. Wer von euch auf diese Idee kam, dass angezettelt hat, ist mir egal.«

Ich spreche nicht, ich schreie die Fellträger an. Was ansonsten nicht meine Art ist. Mitten des Nachts geweckt zu werden, eine solche Schandtat vorzufinden, das macht mich stinkig. Das ich durch mein lautstarkes Gekrächze morgens um vier Uhr alle Mitbewohner aufwecke, fällt mir in diesem Moment nicht auf. Wütend schimpfe ich weiter mit der Rasselbande.

Piggy schleicht davon, um auf ihrem Schlafplatz aus dem ›Schussfeld‹ zu geraten. Kali, der Berner-Sennen-Koloss, schaut mich mit einem Dackelblick an, als könne er kein Wässerchen trüben. Das bringt mich nur weiter in Rage. Ich merke nicht, dass ich längst nicht mehr alleine am ›Tatort‹ stehe.

Sohn und Partner stehen im Korridor. Ihre zerzausten Haare, die verschlafenen Gesichter, sprechen Bände. Sie müssen nicht mit mir sprechen, ich weiß im Voraus, was ich als Folge dessen, zu hören bekomme.

Kali trampelt in Richtung Küche auf seinen Schlafplatz. Die Katzen sind längst auf der Flucht. Die lieben es nicht, wenn es laut wird. Schuldbewusst folge ich Kali in die Küche, um mit einem Besen und der Kehrichtschaufel an den Ort des Geschehens zurückzukehren. Umgehend mache ich mich an die Arbeit, bevor die Männer mit mir abrechnen können. Diese verschwinden jedoch wieder in ihre Betten, ohne mit mir zu sprechen.

Bekomme mit Sicherheit beim gemeinsamen Frühstück eine Standpauke zu hören. Da beide frühzeitig aus ihren Betten müssen, kosten sie die paar Stunden noch aus. Mein Sohn, der um sieben Uhr rasch eine Kleinigkeit frühstückt, um sich danach auf den Weg zu seinem Ausbildungsplatz zu machen. Mein Freund, der als Küchenchef je nach Schicht sehr früh das Haus verlässt, braucht seinen Schlaf ebenso. Ich, nein, ich brauche keinen Schönheitsschlaf ...

Nachdem allgemeine Ruhe eingekehrt ist, versuche auch ich, noch eine Mütze voll Schlaf zu bekommen. Der Nächste morgen naht zügiger, als gedacht. Ausgeschlafen sieht keiner von uns aus. Das gemeinsame Frühstück, die zahlreichen Tassen Kaffee, wecken die Lebensgeister. Die Männer hellwach vom Koffein. Was für mich damit endet, dass ich mir einen Rüffel anhören muss.

Kali, Piggy und die Katzen, die erhalten ihre Mahlzeiten. Keiner wird getadelt. Verhätschelt, gestreichelt, gefüttert vor meinen Augen.

Mit mir geht man nicht so zimperlich um. So, als hätte ich den Futtersack zerfleddert. Das Futter gegessen, einen See im Wohnzimmer hinterlassen. Ich muss mir wirklich überlegen, Kali noch ein einziges Mal mit zu uns zu nehmen.

Mittlerweile hat Kali einen neuen Besitzer, der sich rührend um das Monster kümmert.

Monate nach diesem unschönen Vorfall erhalte ich von meinem Freund einen Anruf. So aufgeregt hat er sich noch nie angehört.

»Ich erhalte die Chance, das Restaurant, indem ich arbeite, zu übernehmen. Alleine schaffe ich es nicht. Bist du mit dabei? Du müsstest dich nur um die Wäsche, das Personal und die Büroarbeit kümmern. Was sagst du? So eine Chance erhalte ich nie mehr«, haspelt er. Ich spüre förmlich, wie er am anderen Ende der Leitung vor Aufregung am Herumhüpfen ist.

»Okay! Tönt alles gut und schön. Ich habe die Hotelfachschule besucht. Oft in Saisonstellen gearbeitet. Doch das liegt Jahrzehnte zurück. Büro ist nicht meine Welt«, antworte ich und merke sofort, wie enttäuscht er ist.

»Das schaffst du. Komm, bitte, hilf mir«, bettelt er weiter.

Und ich? Ich sage zu. Sofort telefoniere ich mit meiner Freundin. Sie freut sich für mich und versteht, dass ich ihr nicht mehr oft helfen kann.

Heute weiß ich, dass es die richtige Entscheidung war.

Fuchs, Igel und andere Geschichten

Seit Tagen ist die Glückskatze verschwunden. Wir suchen, befragen die Nachbarn, befestigen Handzettel im einzigen Geschäft im Dorf. Sie bleibt unauffindbar. Eines Tages treffe ich den Sohn des Bauern ›Hausi‹. Was er mir erzählt, ist so grausam. Er hat zugesehen, wie unsere Glückskatze von einem jungen Autofahrer überfahren wurde. Er erzählt mir, dass der Automobilist gezielt auf die Katze zugefahren ist, um sie zu überrollen und danach im wilden Tempo davon gerast ist. Er sich umgehend auf die Suche gemacht hat. Erst einen Tag später das Kätzchen in einem Busch tot aufgefunden hat. Es muss sich schwer verletzt noch soweit geschleppt haben, um dort qualvoll zu verenden. Meinem Sohn und Partner erzähle ich nur, dass man das Kätzchen gefunden hat und das es nicht mehr lebt.

Es ist ein herrlicher Frühlingstag. Die Katzen genießen die ersten wärmenden Sonnenstrahlen. Faul liegen die Samtpfoten im Garten an ihren Lieblingsplätzen. Ein fremdes Kätzchen, dass sich seit Wochen bei uns eingenistet hat, sonnt sich in den vorbereiteten Blumenbeeten. Minouche auf der Grundstücksmauer und Tiger im kahlen Geäst des Apfelbaumes.

Das fremde Mädchen taufen wir auf den Namen Fräulein. Piggy liegt vor dem Haupteingang und hat die Situation unter Kontrolle.

»Bei den schon etwas wärmeren Temperaturen können wir doch den gemauerten Grill für dieses Jahr einweihen«, meint mein Partner, als er von der Arbeit nach Hause kommt. »Du hast sicherlich Würste und anderes im Gefrierschrank gebunkert?«, fragt er mich lachend.

Er weiß nur zu genau, dass ich immer auf Reserve einkaufe. Man kann nie wissen.

»Wenn du ›Grillieren‹ möchtest, kein Problem, so habe ich in der Küche weniger Arbeit«, lache ich zurück.

»Ja, ja, Cervelat«, mischt sich nun auch Sohnemann ein.

Es bleibt mir nichts anderes übrig, als rasch einen Einkauf zu tätigen, damit die Männer ihre Lieblingswurst braten können, denn diese habe ich nicht vorrätig. Aus gutem Grund. Ich möchte nicht drei Mal wöchentlich ein und dieselbe Wurst. Der Einkauf ist rasch erledigt.

Kohle und Anzünde-Flüssigkeit ist noch vom Vorjahr vorhanden. Die Männer schreiten noch am gleichen Abend zur Tat. Die Nachbarn finden den Qualm, den die Männer erzeugen, nicht gerade angenehm. Dieses auch sofort lautstark verkünden. Meinen Partner lässt das kalt.

»Wenn Ihr auch etwas auf den Grill schmeißen möchtet, kommt rüber und bringt euer Bratgut mit«, kommt seine prompte Antwort.

Die Fenster der Nachbarn schließen sich wie von Zauberhand. Keiner kommt. Keiner motzt. So gegen neunzehn Uhr, es ist schon finster, schlüpfen wir in unsere warmen Jacken. Richten den Tisch vor dem Gartenhaus her. Auf die Plastikstühle lege ich die wärmenden Kissen, damit uns nicht der Po abfriert.

Es duftet herrlich nach gegrillter Wurst. Das lockt logischerweise auch die Katzen Minouche, Tiger, Fräulein und Miss Piggy an. Jeder Happen, den wir zum Mund führen, wird von vier Augenpaaren verfolgt. Wie kann man bei dem Anblick in Ruhe essen? Indem man die Haustiere nicht beachtet, was uns sehr schwerfällt, vor allem meinen beiden männlichen Tischnachbarn.

Nachdem die gesamten Würste, Salat und Teigwaren verputzt sind, verabschiedet sich unser Sohn auf ›französisch‹. Wieder einmal logisch, wenn man aufräumen muss, geht man rasch aufs Zimmer mit der Ausrede: »Wir schreiben morgen eine Prüfung in der Pfleger-Schule.«

Wir Erwachsenen sitzen trotz des kühlen Abends noch zusammen, trinken ein letztes Glas Rotwein.

Der Grill wird bewacht von den Katzen und dem Hund, als seien dort Goldbarren versteckt.

Da das Grillgitter noch zu heiß ist, um es zu reinigen, stellt mein Partner das wenig später an den Sockel vom gemauerten Gartengrill.

»Hier kann es abkühlen. Ich schrubbe es morgen, wenn ich von der Arbeit komme«, entschuldigt er seine Faulheit.

So ist das, wenn man sich den Wanst vollstopft. Resultat: Man wird träge.

Um einundzwanzig Uhr wird es auch uns zu kalt und wir verlagern uns mit dem Gefolge ins Haus. Setzen uns ins Wohnzimmer und wärmen uns auf. Piggy schnarcht leise vor sich hin. Fräulein und Tiger liegen auf ihren Lieblingsplätzen, müde von der Bewachung des Grills. Mir fällt es erst nicht auf, bis mein Partner mich fragt: »Wo ist Minouche, kam der nicht mit den anderen Haustieren ins Haus?«

Jetzt erkennen wir, dass im Garten immer wieder das Licht angeht. Wir haben an diversen Stellen rund um das Haus Lichtmelder installiert. Sicher ist sicher. Es wird erst hell, dann wieder dunkel, wieder hell und wieder finster. Wir müssen nachschauen, was im Garten vor sich geht. Einbrecher? Wir schleichen förmlich zur Haustür, damit wir die Vierbeiner nicht aufwecken.

Ich bewaffne mich wie üblich mit einem Regenschirm, der im Korridor im Schirmständer jederzeit bereitsteht. Mutig mit Taschenlampe in der Hand öffnet der Herr im Haus vorsichtig die Haupteingangstür. Was wir zu sehen bekommen, wird uns niemand glauben. Wir trauen uns kaum zu atmen. Statuenmäßig bleiben wir wie angewurzelt auf dem Vorplatz vom Haus stehen. Minouche gemeinsam mit einem Fuchs lecken genüsslich am Grillgitter herum. Ohne Zwist. Dicht nebeneinander gönnt der eine dem anderen, was an Resten noch zu vernaschen ist.

Nach langen Minuten bewege ich mich im Zeitlupentempo, um im Haus die Kamera zu holen. ›Kein rasches Gestikulieren‹, rede ich leise zu mir. Kehre, so wie ich gegangen bin, mit dem Fotoapparat zurück zum Geschehen. Ich möchte das Unglaubliche bildlich festzuhalten. Leider komme ich nur um ein paar Sekunden zu spät. Der Fuchs hat das Weite gesucht und Minouche leckt sich nach dem Schmaus im Duett, genüsslich seine Pfötchen. Gemeinsam treten wir ins Haus. Die anderen Vierbeiner haben von unserem Erlebnis nichts mitbekommen. Minouche brüstet sich vor den anderen Katzen, doch die sind zu müde, um ihm ihre Aufmerksamkeit zu schenken. Wir beobachten das Spiel und amüsieren uns köstlich.

Tage danach. Das Haus hat einen gedeckten Eingangsbereich, den wir nachträglich anbauen ließen. Eine Holzkonstruktion mit einem Ziegeldach. Sichtbare Holzbalken geben dem Ganzen einen rustikalen Touch. Dieser Vorbau ist für uns ideal um die verschmutzten Schuhe, wenn wir von einem Waldspaziergang heimkehren, zu deponieren. Die Sport-und Wanderschuhe, Sohnemanns Fußballschuhe können an einem trockenen Ort auslüften, ohne die Wohnung mit unserem Fußgeruch zu verpesten.

Am folgenden Tag, als wir am Morgen Piggy und die Katzen in den Garten entlassen, fehlen Schuhe. Nicht Paare von Schuhen, nein nur einzelne.

»Komisch, wer klaut schon einen Schuh«, frage ich meinen Lebenspartner. »Ein skurriler Scherz? Mag uns jemand nicht? Oder braucht jemand nur einen Schuh? Wohnt in der Nachbarschaft ein Einbeiniger?«

Wir schenken diesem Vorfall keine weitere Bedeutung. Kümmern uns nicht weiter darum. Da will uns jemand bestimmt nur einen Streich spielen. Kinder aus der Nachbarschaft nehmen wir an.

Bei einem der nächsten Gassi-Runden durch die Felder oberhalb unseres Hauses treffen wir auf den Bauern ›Hausi‹. Er zeigt uns, was er alles im Weizenfeld zusammengetragen hat. Er deponiert das Diebesgut am Feldrand bei dem Naturweg. Es sieht aus, wie in der Auslage eines Schuhgeschäftes. Hier drei einzelne Haus-und Sportschuhe, dort ein Gummistiefel von einem Kind, weiter vorne Pumps und einzelne Herrenschuhe. Das Schuhwerk sieht etwas lädiert aus, gelinde gesagt.

»Füchse mögen Schuhe. Stehlen diese, getrauen sich immer näher an die Behausung der Menschen. Sie klauen das Schuhwerk und bringen es den Kleinen in den Fuchsbau. Sie lassen ihre Kinder damit herumtollen. Am allerliebsten an einem Ort, wo man sie nicht beobachten kann. Sind dann alle müde und ausgepowert, lassen sie das Spielzeug liegen und kehren in ihre Höhlen zurück«, erklärt uns der Landwirt.

Von daher weht der Wind. Das erklärt uns manches. Von nun an stellen wir die Schuhe eben im Hauseingang ab. Für was kann man Duftbäumchen kaufen? Kaffeebohnen eigenen sich auch. Die Bohnen in die Schweißschuhe legen, verhindert unangenehme Gerüche im Haus.

Nur ein paar Wochen danach entdecken wir es. Warum nur gesellen sich jegliche Tiere zu uns?

Auf einem der Holzträger im Hausvorbau nistet seit Neustem ein Rotbrüstchen (Rotkehlchen). Wir wundern uns, warum es sich keinen gemütlicheren Nistplatz ausgesucht hat. Hier ist reger Betrieb, wenn alle Hausbewohner stetig in oder aus dem Haus treten. Es beobachtet jegliche Bewegung am Haupteingang. Die Katzen gehen ein und aus. Piggy hat ihren Lieblingsplatz unter erwähntem Vordach. Das Rotbrüstchen beäugt auch uns, wenn wir zu später Nachtsstunde heimkehren. Es streckt sein Köpfchen aus dem Nest, lugt zu uns hinunter, als möchte es uns rügen. »Warum kommt ihr erst so spät des Nachts nach Hause?« Irgendwie ziehen wir die Tiere jeglicher Art magisch an.

Keine Woche später beginnt das Lichtspiel im Garten von Neuem. Erneut müssen wir nachsehen, was im Garten vor sich geht. Erwischen wir den Fuchs, der nach Schuhen sucht? Sind es Einbrecher, die bei der Lage des Hauses, auf ein leichtes Spiel hoffen? Nun lassen wir Piggy den Vorrang. Sie soll erst einmal die Lage testen. Verfolgt wird sie von der Katzenmeute. Wir bilden die Nachhut.

Gerade erst ist die Eingangstür geöffnet, sputet sie los. Abrupt hält sie mitten im Rasen inne. Tritt zwei Schritte zurück und wieder nach vorne. Riecht an etwas, dass wir im Dunkeln nicht definieren können. Trete etwas nach vorne, damit der Lichtmelder angeht. Es werde Licht. Doch immer noch sehen wir nicht, um was es handelt. Piggy setzt ihr ›Spiel‹ fort. Einen Tritt vor, einen zurück. Sobald ihre Nase das Ding berührt, geht sie wieder einen Schritt zurück. Mein Partner holt die Taschenlampe und läuft zu

Piggy, um nachzusehen, um was es sich handelt, dass für Piggy so attraktiv ist.

Der Lichtkegel der Taschenlampe richtet er auf den Punkt, dem Piggy immer wieder ausweicht. Eine Kröte hockt im Rasen. Starr vor Schreck, bewegungslos. Die muss aus dem Weiher, den ein entfernter Nachbar in seinem Garten angelegt hat, abgehauen sein.

»Fit sieht die Kröte nicht aus. Entweder ist die verletzt, wurde gestört, als sie auf Partnersuche war oder hat Angst vor Piggy«, witzelt mein Partner. »Man reiche mir einen Eimer, dann bringe ich das Tier an ihren angestammten Platz zurück«, weist er mich an.

»Du kannst doch nicht mit Bestimmtheit behaupten, das die Kröte aus jenem Weiher stammt. Vor allem aber wissen wir doch, dass zwei direkte Nachbarn reklamiert haben. Damals, als jene Leute, die am Ende der Quartierstraße wohnen, den Weiher anlegten. Das Froschgequake hat doch deren Nachtruhe gestört. Und du willst die Kröte nun genau dort aussetzen? Das könnte Ärger geben, wenn sie nur Frösche im Teich angesiedelt haben. Die könnte doch auch vom Waldsee bis zu uns geflüchtet sein«, entgegne ich. Beeile mich dennoch motzend, einen Eimer aus der Küche zu bringen.

Er stülpt sich Arbeitshandschuhe über, bevor er die Kröte anfasst. Setzt das Tier in den blauen Putzeimer und dackelt damit bis ans Ende der Straße. Bei eben diesem Nachbarn angekommen, schleicht er sich wie ein Einbrecher an den Tümpel heran. Schwupps, kippt er den Eimer über dem Wasser langsam aus, damit das Tier ins seichte Wasser rutscht. Genauso schnell wie er weg war, steht er nun grinsend im Garten. Sichtlich zufrieden ob der vollbrachten Tat ...

Im Herbst ereignet sich dasselbe Lichtfestival in unserem Garten. Licht an, Licht aus. Da es eher eindunkelt, fällt uns die Diskothek im Garten schneller auf. Auch dieses Mal gehen wir nachschauen. Lassen Miss Piggy zum zweiten Mal den Vortritt. Am Grundstücksende auf dem Rasen bleibt sie wie angewurzelt stehen. Schnuppert, sofort schreckt sie zurück. Tritt erneut an das Etwas heran, jault und nimmt Reißaus ...

Das Spiel kennen wir doch. Wie schon so oft kommt die Taschenlampe zum Einsatz. Ich habe bereits den Fotoapparat aus dem Haus mitgebracht. Mein Partner richtet die Taschen-Funzel in Richtung vom Hund und leuchtet damit vor die Vorderbeine von Piggy. Da liegt zu Füssen von Piggy irgendetwas Graues, das aussieht wie ein Fußball. Beide gehen wir auf den ›Ball‹ zu. Erkennen, dass es sich um einen Igel handelt. Der Igel hat sich ängstlich zusammengerollt. Sein Herzchen pocht rasend schnell. Was für eine Angst er haben muss, wenn so ein großes fremdes Tier ihn in der Nacht aufstöbert. Piggy wollte wohl am Igel riechen oder mit ihm spielen und der hat sich zur Abwehr zusammengerollt, um sich mit seinen Stacheln zu schützen.

Wiederum geht mein Partner ins Haus und kommt mit einem Tuch, Arbeitshandschuhen, Katzenfutter und Katzenmilch zurück. Jetzt heißt es erst einmal die Katzen und Piggy ins Haus geleiten, damit wir dem Igel einen sicheren Platz zuweisen können. Wir haben schon mehrmals in dieser Jahreszeit die herbstlich gefärbten Blätter im Garten zusammen getragen. Es gibt im hinteren Gartenteil einen Haufen mit beachtlich viel Laub.

Mein Partner stülpt sich die Handschuhe über, wickelt das Tuch um den immer noch ängstlichen Igel und trägt ihn zu dem Haufen aus Laub. Er setzt ihn erst vor dem Haufen ab und stellt ihm das Tellerchen mit Katzenfutter hin. Da es nicht der erste Igel ist, dem wir im Garten einen Winterunterschlupf bieten, wissen wir, was der Igel braucht. Wir ziehen uns ein paar Meter zurück und beobachten das Tier. Er frisst genüsslich vom Katzenfutter. Sein Schmatzen ist deutlich zu hören. Das sieht so herzig aus, dass ich sofort die Kamera zücke. Das Blitzlicht erschreckt ihn. So trägt ihn mein Partner vor den Laubhaufen, buddelt darin und legt den Igel mittig in die Blätter. Wir können davon ausgehen, dass wir den Igel nächsten Frühling im Garten sehen werden.

Der Vogel im Garten

Frühling ist eine herrliche Jahreszeit. Das wissen nicht nur wir Menschen zu schätzen. Unsere Katzen verbringen den größten Teil des Tages im Garten oder auf Wanderschaft.

Piggy verlässt sich auf ihre Spürnase und durchwandert den Garten. Der letzte Schnee im Rasen vor dem Haus ist geschmolzen. Gerüche, die sie im Winter nicht wahrnehmen konnte, verbreiten nun ihren Duft. Wir riechen nur einen winzigen Teil dessen, was eine Hundenase aufnimmt. Sie durchforstet den Garten, ihre Nase nur Zentimeter über dem Boden. Was sie alles riecht, das würde mich interessieren. Bestimmt riecht sie den Igel, der mittlerweile sein Winterquartier verlassen hat. Uns Menschen fehlt die Fähigkeit, all jene Gerüche wahrzunehmen. Für uns Menschen wäre das wohl eine Qual. Ich beobachte geraume Zeit das Treiben von Hund und Katzen. Danach muss ich mich um die Hausarbeit kümmern.

›Mein arbeitsfreier Tag könnte ich mir bedeutend schöner vorstellen‹, denke ich mir. In meinem Hinterkopf arbeitet es, was ich gerne alles unternehmen würde ... doch der Hausputz steht an, ob ich will oder nicht.

»Das bisschen Haushalt ...«

Ja, ich trällere vor mich hin. Mit ›Musik‹ geht alles leichter, beschwingter, hat mir meine Mutter beigebracht. Das mag stimmen, doch nicht mit meinem Geträller. Das weckt keine Lebensgeister mehr. Im Gegenteil. Soll ich nach fünf Minuten der Schwerstarbeit die erste Pause einlegen? Klar doch, es kontrolliert mich doch keiner, außer den Vierbeinern und die verpetzen mich definitiv nicht ...

Jetzt höre ich es, kaum kommt der Staubsauger zur Ruhe ...

Das muss Tigerlein sein. Es miaut kläglich und lautstark. Hat sich die Katze verletzt? Das Katzengeheul kommt aus unserem Garten. Ich trete ans Fenster, von dem aus ich annehme, die Katze zu sehen. Da sitzt sie. Doch, was liegt vor ihren Pfötchen. Aus dieser Entfernung kann ich es nicht erkennen. Es bleibt mir nichts anderes übrig, als die Hausarbeit erst einmal links liegen zu lassen, um im Garten nachzuschauen, was vorgefallen ist.

Vor dem kahlen Apfelbäumchen kauert Tigerlein und bewahrt etwas Undefinierbares zwischen seinen Katzenpfötchen. Ich trete vorsichtig näher, immerfort mit der Katze sprechend.

»Was hast du denn Schönes? Komm, zeig es mir.« Tiger bewegt sich keinen Millimeter. Jetzt, als ich unmittelbar vor seinen Pfötchen stehe, sehe ich einen winzigen Vogel.

Vogel ist massiv übertrieben, was der Stubentiger zwischen den Pfötchen bewacht. Das Ding hat flaumartige graue Federn. Einen weitaufgerissenen Schnabel, der innen goldgelb leuchtet. Kleine, ängstlich blickende Knopfaugen starren die Katze an. Es muss wohl aus dem warmen Nest gefallen sein. Ob das Vogelbaby überhaupt weiß, wer vor ihm sitzt? Das bezweifle ich. Der Tiger bewacht weiterhin das Vogelkind, hat aber aufgehört zu miauen.

Hat er, der Tiger, mich tatsächlich um Hilfe gerufen? Ich rase ins Haus, suche nach einem Schuhkarton. Werde fündig, lege ein Stück Stoffrest hinein. Suche im Bastelzeug nach etwas Flauschigem. Werde wieder fündig. Material, dass wir an Ostern zum Nest basteln benutzen. Eile mit meiner Beute hastig in den Garten zurück.

Möchte verhindern, dass Minouche, der Räuber, vor mir bei dem Vogelkind ist. Den Karton richte ich so her, dass der kleine Piepmatz ein wohliges, vorübergehendes Zuhause hat. Stülpe mir die mitgebrachten Handschuhe über. Sorgfältig hebe ich das Vögelchen in den Karton. Trage meinen Schützling in das Haus und platziere ihn in der oberen Etage im Büro.

Dort wird er seine Ruhe haben, denn nur ich benutze jenen Raum. Beginne so etwas wie eine Pipette zu suchen. Erinnere mich, dass man mir vor Monaten Nasentropfen verschrieben hat. Das Gläschen ist bereits aufgebraucht. Das ich dieses Fläschchen ausgekocht und aufbewahrt habe, kommt mir nun zur Hilfe. Kehre in den Garten zurück. Durchwühle mit einer Mistgabel den Komposthaufen. Zu meinem Glück hat mein verstorbener Mann immer darauf bestanden, einen solchen anzulegen. Dort wühle ich jetzt hoffnungsvoll nach Würmern.

»Einer, nur ein einziger reicht mir«, rede ich mir gut zu, bei der anstrengenden Betätigung. Auch hier lässt mich mein Glück nicht im Stich. Ein riesiges Ding zappelt zwischen meinen Fingern. ›Lecker‹, denke ich, ›nun muss ich den Wurm leider in winzige Stücke schneiden.‹ Das mir diese Arbeit keinen Spaß bereitet, versteht sich. Ist jedoch notwendig, wenn ich dem Vogelkind helfen möchte ...

In der Küche mache ich mich an die Schlachterei des Wurms. Gebe die Stückchen mit etwas Wasser und Erde in ein entleertes, gewaschenes Marmeladenglas, von denen haben wir immer vorrätig. Man denke hierbei an meinen Sohn.

Gewappnet mit Pipette, einem ehemaligen Marmeladenglas, das ich mit den Kleinteilen vom Wurm befülle und der Pinzette begebe ich mich ins Büro. Nun kommt der schwierigste Teil.

Die Fütterung des kleinen Raubtieres. Kaum betrete ich den Raum, beginnt das Vogelkind den Schnabel weit aufzureißen. Gleichzeitig piepst es, was das Zeug hält. Mein Fütterungsversuch, den ich stündlich wiederholen werde, beginnt. Der erste Versuch scheitert kläglich. Das winzige Federvieh verhält sich nicht so, wie ich es gerne hätte. Reißt den Schnabel auf, doch sobald ich mit der Pinzette in die Nähe des Schnabels komme, schließt es seinen noch weichen Schnabel.

Herzig sieht es aus, das Ding, das noch nicht nach Vogel aussieht. Sorgen mache ich mir, dass es mir in den Händen wegstirbt. Ich telefoniere mit dem örtlichen ornithologischen Verein, was und wie ich mich verhalten muss.

»Das ist so eine Sache mit den Jungvögeln«, meint die Frau vom Vereinsvorsteher. »Mein Mann ist noch auf der Arbeit, doch ich kann Ihnen auch einige Tipps geben«, erklärt mir die nette Frau.

»Sie brauchen als Erstes etwas, das sich anfühlt wie sein Nestchen, für den Piepmatz. Dann eine Pipette und Fleischstückchen, Würmer, Hackfleisch oder auch Katzenfutter. Damit können Sie versuchen in winzigen Mengen mit einer feinen Pinzette zu füttern. Zu trinken nur Wasser. Alles darf nur lauwarm sein«, endet sie. ›Aha‹, denke ich mir, ›jetzt bin ich genau so schlau, wie vorher.‹ Logisch sage ich ihr das nicht.

»Lieben Dank für die Auskunft«, verabschiede ich mich von der Dame am Telefon.

Jeden Tag füttere ich das Federvieh. Jeden Tag lernt das Vögelchen mehr. Es nimmt mein Futter an. Für mich bedeutet das die Rettung. Sein Körper nimmt an Volumen zu. Der Flaum verändert sich ganz gemächlich zu Federn. Sein Schnabel verformt sich. Mit der Zeit erkennt man, dass es eine Amsel wird.

Wochen vergehen, mehrmals täglich sitze ich im Büro beim Nestflüchter, den wir mittlerweile Vielfraß getauft haben. Meine Bemühungen haben sich gelohnt. Ich bin froh, dass ich nicht aufgegeben habe. Eine Amsel ist herangewachsen. Sie ist noch lange nicht ausgewachsen, doch sie versucht ihre ersten Flüge. Oft landet sie auf meinen Schultern, um an meinen Haaren zu zupfen. Da sie hier im Haus nicht fliegen lernen kann, suche ich ihr einen günstigen Ort im Garten. Die Katzen und Piggy haben in den Fluglernstunden Gartenverbot. Sie lernt fliegen. Doch eines tut sie nach wie vor, sie ruft, piepst, kaum ist sie an der frischen Luft. Ich denke mir, sie ruft nach ihrer Mutter.

Wochen sind vergangen. Sie fliegt davon, meine Amsel. Unser Vielfraß. Von jenem Tag an besucht sie uns täglich. Mit Bestimmtheit kann ich nicht sagen, dass es wirklich die Amsel ist, nur nach ihrem Verhalten zu urteilen, muss es der Vielfraß sein.

Und im Herbst kommt sie täglich mehrmals zu uns in den Garten. Nicht weil sie uns besuchen will, nein, sie stiehlt wie eine Elster. Was sie stiehlt? Unsere leckeren roten Trauben. Eine in den Schnabel, eine links, die andere rechts und eine passt bestimmt noch zwischen den Schnabel. Fliegt mit der Beute davon. Das wiederholt sie bis es eindunkelt.

Wo sie die Trauben bunkert? Keine Ahnung. Hauptsache, sie lebt und besucht uns.

Die Glühbirnen im Garten

Die Überraschungen nehmen kein Ende. Ein unerwarteter Gag wird uns fast täglich zuteil.

An einem sonnigen Herbsttag hat mein Partner die glorreiche Idee, das schon längst lädierte Gartenhaus zu renovieren. Das ist ja alles gut und schön, doch jetzt heißt es, den jetzigen Unterstand mühsam abbauen. Damals, als ich den Unterstand gekauft habe, war das die günstigste Variante. Mein Budget erlaubte es mir nicht, ein einwandfreies Gartenhaus aufzustellen. Wie das in der Schweiz so üblich ist, sobald man einen Bau vornimmt, der fest mit dem Erdreich verbunden ist, braucht es eine Baugenehmigung. Beim Autounterstand, den ich damals im Garten, als Gartenhaus nutzte, war das auch so.

Nun hat mein Lebenspartner die Bestellung getätigt, mich aber nicht informiert. Frühmorgens klingelt es Sturm an der Haustür. Ich öffne verärgert, denn der frühe Morgen gehört mir. Da stehen sie nun, die zwei Männer, mit einer ›Lieferung‹.

»Ich habe nichts bestellt«, maule ich erst einmal die Fremden an.

»Das Material wurde von Herrn ... bestellt. Die Lieferadresse stimmt auch. Wir entladen den Laster sofort, wenn Sie die Lieferpapiere unterschreiben.«

»Ich unterschreibe nichts, was ich nicht bestellt habe«, knurre ich weiter. »Schaaaaatz, kommst du bitte an die Haustür? Sofort«, rufe ich lautstark durch das Haus meinen Partner herbei, der zum Glück Urlaub hat.

»Sag mir, weißt du etwas von einer voluminöseren Lieferung?«

»Ach, Schatz, das habe ich total vergessen, dir zu erzählen. Ich dachte mir, da wir uns schon keine Ferienreise erlauben können, kaufe ich uns ein schönes Gartenhaus.«

»Ohne mich zu fragen? Eigenmächtig? Wo wir doch schon sparen müssen? Okay, hast ja Recht, wir gönnen uns ja sonst nichts«, gebe ich ihm frustriert zur Antwort. Es wäre mir lieber gewesen, wenn ich von seinem Alleingang gewusst hätte. ›Wie stehe ich jetzt vor den fremden Männern da? Was denken die jetzt über mich? Die Hausfrau, der Drache, jetzt hat die aber Saures erhalten ... Geschieht ihr ganz recht? Egal, die kennen mich nicht‹, grüble ich weiter.

Es werden Paletten mit Brettern vom Lastwagen entladen. Ich muss meinen Wagen umparken, damit das Material vorerst dort Platz findet. Dann deponieren die Männer die Ladung erst einmal am Gartenzaun auf meinem Parkplatz. Palette um Palette wird abgeladen. Mein Lebenspartner strahlt über das ganze Gesicht ...

Ein Blockhaus zum selbst zusammenbauen. Wie viel Material das ist, kann sich nur jemand vorstellen, der selbst einmal in jener Lage war. Massen von Holz, dass man errichten muss. Nun wird zuerst das lädierte ›Gartenhaus‹ abgerissen. Dann wird die Lichterkette mit den bunten Glühbirnen entfernt.

»Die möchte ich auch am nigelnagelneuen Blockhaus anbringen«, meint mein Partner ernsthaft. Ich soll nun jede Glühbirne reinigen und danach in einem Karton beiseitestellen. Eine wahrhaftig spannungsreiche, abwechslungsreiche Tätigkeit. Jede Birne hat eine andere Farbe ... Eine Rote aufpolieren, eine Grüne, Blaue, Gelbe ... bei gefühlten hundert Glühbirnen. Er eilt in den Keller in seine Werkstatt und kommt mit Schraubenzieher und anderem Werkzeug zurück.

Sorgfältig löst er die Täfer Verkleidung, denn die möchte er behalten. ›Mann kann nie wissen.‹ Jede Schraube, jede Unterlegscheibe, alles wird gesammelt, was mir wieder einmal zeigt, Männer sind Sammler. Gegen Abend ist vom bisherigen Gartenhaus nichts mehr zu sehen.

»Wir arbeiten morgen weiter. Morgen beginnt der Aufbau vom Blockhaus. Erst muss ich den Boden ausgleichen. Da bleibt dir genügend Zeit, die Bretter mit der Holzlasur zu streichen«, erklärt er mir. Weiß er, wie viele Holzbretter das sind?

Klar, dass man das Holz, bevor man es zusammenbaut, mit einer Holzlasur behandeln sollte ... Wem die Arbeit zugeteilt wird? Morgen blüht mir die sagenhafte Arbeit. ›Latten, Balken, Bretter und Landstreicher. Ich mutiere zum Anstreicher First class.‹

Am Tag darauf eilt er in die Garage, holt zwei Klappböcke, Holzlasur, Pinsel und Arbeitshandschuhe. Es wird geschuftet, gehämmert, gestrichen, was das Zeug hält. Urplötzlich steht ein Nachbar, der am Waldrand wohnt, bei uns auf der Matte ...

Er ruft über den Zaun. »Haben Sie eine Bewilligung für das Haus, dass Sie hier bauen.« Ich gucke fragend zu meiner besseren Hälfte. Hat er sich auch darum gekümmert?

»Ellen hat die Bewilligung vom vorherigen Gartenhaus. Das hier ist weder großflächiger noch näher an der Grundstücksgrenze. Da brauchen wir keine erneute Genehmigung, die nur wieder ein Heidengeld kostet«, antwortet mein Partner etwas ungehalten.

Das sitzt, der Nachbar stolziert pikiert den Weg hinauf zu seinem Haus. Es vergehen keine zwei Tage, da steht ein Mann der Gemeinde am Gartenzaun. Ausgerüstet mit Papier, Zollstock und Fotoapparat. Wir kümmern uns nicht um ihn, arbeiten fleißig weiter.

Ich streiche und bepinsle die niemals enden wollenden Bretter. Wie viele es noch sind, keine Ahnung. Mein Lebenspartner bringt, kaum bin ich mit einer Palette fertig, eine neue Ladung herbei. Die unbehandelten Holzbretter nehmen kein Ende. Gemeinsam schaffen wir es, das Blockhaus in zwei Tagen fix und fertig gestrichen, aufzubauen. Bevor der erste Schnee fällt, können wir es einweihen. Es sieht echt spitze aus, das muss ich gestehen. Zur Einweihung genehmigen wir uns ein Glas Rotwein.

Drei Tage darauf lässt mein Partner wie üblich morgens Piggy und die Samtpfoten in den Garten. Dass es eine halbe Ewigkeit dauert, bis mein Partner erneut auf der Bildfläche erscheint, fällt mir sofort auf.

»Schatz, komm her, schau dir das Chaos an«, ruft er mir lautstark vom Garten her zu. Ich lass meinen Kaffee stehen und renne, um mir selbst ein Bild der Lage zu machen. Er steht verdutzt auf dem Vorplatz und erwartet mich bereits.

»Siehst du, was ich sehe?«

»Was um Himmels willen ist das denn?« Verstreut im Garten liegen die farbigen Glühbirnen.

»An die Girlande habe ich nicht mehr gedacht«, beichte ich und blinzle ihn verlegen an. »Ich dachte mir, dass du die eh sofort am Giebel vom Blockhaus montierst«, rede ich mich aus dem Schlamassel.

»Wer war das? Wer hat die gereinigten Glühbirnen im Garten verteilt?« Komisch, war der Fuchs zu Besuch? Wir sammeln die farbigen Birnen ein, legen sie abermals in den Karton und stellen diesen in das Blockhaus. Sicher ist sicher. Keine Einzelne ist beschädigt. Das gibt uns beiden zu denken. Wir kommen nicht darauf, wer das war.

Es wird Weihnachten, das Fest der Liebe. Wie gehabt, platzieren wir einen Weihnachtsbaum im Wohnzimmer, den wir mit bunten Kugeln, Glöckchen, Silberfäden und weihnachtlicher Schokolade schmücken. Weihnachten verläuft, dank den Katzen und dem Hund, verhältnismäßig friedlich. Wir müssen dauernd auf der Hut sein, dass der Baum nicht kippt. Die Katzen spielen mit den Silberfäden, den Kugeln und allem, was beweglich ist. Zu gerne würden sie den Baum als Kletterbaum nutzen. Piggy versucht, die Schokolade zu stibitzen, was für einen Hund tödlich enden kann. So müssen wir die Wohnzimmertüren jederzeit verschlossen halten. Die Tiere dürfen nur mit Begleitung herein. Einer von uns wird zum Beobachten verdonnert, lässt die Rabauken nicht aus den Augen. ›Wache schieben‹, nennen wir das.

Am 6. Januar wird der Baum entfernt. Die bunten Kugeln verstaue ich in den dafür vorgesehen Karton. Die Krippe, der Lieblingsplatz von Fräulein, wird wie gehabt auf den Dachboden gebracht. Die Tannennadeln, die sich bereits vom Bäumchen verabschiedet haben, werden weggesaugt. Alles ordentlich aufgeräumt. Endlich können wir mit Hund und Katzen erneut etwas entspannter leben. Ein Weihnachtsfest ohne Baum gibt es bei uns nicht. Nur eines ist hundert Prozent sicher: Nächstes Weihnachten wird der Baum im Garten seinen Platz finden. Nicht mehr so üppig geschmückt. Nicht, das die Haustiere auf unangenehme Gedanken kommen.

Am Morgen des 7. Januar bin ich ausnahmsweise die Erste, die im Erdgeschoss ankommt, um die Kaffeemaschine zu starten. Was ist das denn? Ich glaube zu träumen. Auf Piggys Schlafplatz liegen Christbaumkugeln. Im Wohnzimmer bietet sich mir dasselbe Bild. Kugeln überall verteilt im Wohnraum. Keine ist in die Brüche gegangen. Ich rufe meinen Partner.

»Jetzt haben wir die Erklärung, wer damals die Glühbirnen im Garten verteilt hat. Wissen mit Sicherheit, wer das war. Erstaunlich, dass keine einzige Christbaumkugel zersplittert ist. Wie hat es Piggy geschafft, die empfindlichen, zerbrechlichen Glaskugeln so behutsam in ihrem Maul herumzutragen. Mir kommt es so vor, als hätte Piggy die Kugeln nach einem speziellen Muster auf dem Boden drapiert. Auf ähnliche Weise, wie zu jener Zeit im

Garten die Glühbirnen. Schade, dass wir nicht Mäuschen spielen konnten. Zu gerne hätten wir gesehen, wie sie das angestellt hat. Piggy wird uns bestimmt noch oft mit einer ihrer Fähigkeiten überraschen.

Ein Herbsttag

Wie jeden Tag unternehmen wir am Nachmittag einen ausgiebigen Spaziergang mit Piggy.

An diesem Tag jedoch haben wir noch anderes im Sinn. Mein Sohn, mein Partner und ich tragen geräumige Umhängetaschen, vollgestopft mit entleerten Gefäßen aus Kunststoff und passenden Deckeln.

Bei einem vorherigen Ausflug in den nah gelegenen Wald die letzten Tage haben wir die Waldfrüchte gesehen. Doch damals hatten wir keine Möglichkeit, die einzusammeln. Das soll sich nun heute ändern.

Die gesamte ›Gesellschaft‹ macht sich gemeinsam voller Tatendrang auf den Weg. Wir laufen den schmalen Pfad zu den Feldern hinauf, um kurz darauf auf dem Naturweg in Richtung Wald zu gehen. Vorbei an den Maisfeldern, den bereits bestellten Feldern. Den Wiesen, auf denen die Kühe die letzten herbstlichen Sonnenstrahlen genießen, das noch nicht abgemähte Gras abgrasen.

Wir können die Büsche noch nicht sehen, doch Piggy mit ihrer feinen Nase, weiß genau wo sie diese findet. Sie ist nicht mehr zu bremsen, sie zerrt und zupft an der Leine. Springt und hüpft, als wär sie augenblicklich zur Ziege mutiert. Es bleibt uns nicht übrig, als sie loszubinden, damit das Ende der Leine nicht auf die Nase stürzt ... Ich, in dem Fall.

Piggy ist eine echte Feinschmeckerin. Bevor wir zu jener Stelle gelangen, ist sie bereits damit beschäftigt die schönsten und größten Himbeeren von den Sträuchern abzunagen. Verzückt guckt sie zu uns und schmatzt ungeniert weiter ...

Das tat sie schon, als wir die Walderdbeeren beim letzten Walggang fanden und einsammeln wollten. Die größten Früchtchen vernaschte unser Hund.

Das soll bei dieser Sammelaktion nicht noch einmal geschehen. Sofort muss sie wieder an die Leine und wird in der Nähe der Sträucher an einem Baumstamm angebunden. So können wir die süßlichen Früchtchen von diesen Sträuchern in unsere mitgebrachten Gefäße abfüllen. Ab geht es zur nächsten Stelle, wo wir wissen, dort wachsen auch Himbeersträucher. Es versteht sich, dass Piggy ab und an die restlichen Beeren am Strauch erhält.

Sie nagt und knabbert am Strauch, ohne sich jemals an einem Dorn zu stechen. Extrem zart befreit sie den Strauch von den letzten Beeren, die uns für unsere Zwecke nicht geeignet sind.

Die unsrigen waschen wir später zu Hause. Die einen werden eingefroren, um im Winter leckere Nachspeisen zu kreieren. Die anderen werden zu Marmelade verarbeitet.

Wir laufen kreuz und quer durch den Wald und finden so viele Himbeersträucher, dass wir eine zweite Sammelaktion starten müssen. Die wird am nächsten Tag in die Tat umgesetzt. Warum die Leute vom Dorf die Beeren nicht ablesen, bleibt uns vorerst ein Rätsel. Wir sammeln auch andere Beeren, Brombeeren, Heidelbeeren, Walderdbeeren und eben die Himbeeren. Bei jedem Wetter sind wir mit unseren Gefäßen unterwegs. Bei einem unserer Spaziergänge, auf der Jagd nach den Früchtchen, treffen wir auf eine junge Frau mit ihren beiden Kindern.

Ich frage sie ungeniert, warum keiner die Früchte abliest und mit nach Hause nimmt. Dass man doch so viele Köstlichkeiten damit zubereiten kann, ohne viel Geld auszugeben.

Ihre Antwort, die sie eingeschnappt von sich gibt: »Wer verspeist schon die vollgepinkelten Beeren? Von Hunden, die täglich hier mit ihren Herrchen und Frauchen durch den Wald rasen. Die Vierbeiner, die an jeden Strauch urinieren. Rehe, Füchse und anderes Getier hinterlassen ihren Kot in der Nähe. Zecken gibt es bestimmt auch, die an den Sträuchern haften. Die Füchse, das ist sehr gefährlich. Die können die grauenhaftesten Krankheiten auf die Menschen übertragen«, endet sie und guckt mich von ›oben herab‹ an.

»Jeder normale Mensch wäscht die Beeren zu Hause unter fließendem Wasser, da kann nichts geschehen«, antworte ich vorlaut. Ja, ich weiß, oft kann und will ich meinen Mund nicht halten ...

»Es ekelt einen schon, die Früchte überhaupt in die Finger zu nehmen«, endet sie und verlässt mich mit hoch erhobenem Kopf.

Gut für uns, wenn alle hier so denken. So können wir uns auch die folgenden Herbsttage im nächsten Jahr mit den Beeren eindecken. Pilze sammeln die Leute doch auch, geht es mir durch den Kopf.

Wir schauen uns an, lassen Piggy von der Leine, da sie mit Sicherheit urinieren muss. Es ist es ein Mädchen, wäre sie ein Rüde, würde sie bestimmt jeden Baum, jeden Strauch, jeden Grashalm anpinkeln ...

»Hunde müssen literweise Wasser lassen«, lache ich meinem Partner zu.

Piggy verdaut die köstlichen Beeren, lässt sich von unserem Geschäker nicht stören. Für sie war es ein erfolgreicher, ausgiebiger Spaziergang. Belohnt mit Himbeeren in verschiedenen Größen ...

Meine Piggy verlässt mich

Jahre ziehen ins Land. Glücklich leben die Katzen zusammen mit Piggy unter einem Dach. Sohnemann erlaubt sich seine Späße mit den Vierbeinern, die es ihm nie übel nehmen. Piggy liebt es, mit dem Jungen das Fußballtraining im häuslichen Garten mit zu gestalten.

Schabernack wird getrieben, doch spüre ich, dass Piggy von Woche zu Woche kaum mehr fit ist. Fahre mit ihr zu unserem Tierarzt, um an Piggy einem kompletten Gesundheitscheck durchführen zu lassen.

»Es fehlt ihr nichts. Anhand des Impfausweises sehe ich, dass Ihr Hund sechzehn Jahre alt ist. Ein beträchtliches Alter für einen Golden Retriever«, klärt mich der Arzt, Doktor Vet. Rüedi auf. Erhalte ein Aufbaumittel, dass ich unter das Futter mischen kann.

»Jeden Tag, den Sie mit ihrem Hund erleben können, ist ein Geschenk«, verabschiedet er uns.

Ich gebe es zu, wir feiern jeden Geburtstag von unseren Haustieren. Die Mieze, die Geburtstag hat, erhält ihr Lieblingsfutter vom Fachhandel ...

Naturgemäß kann die Katze das Futter nicht alleine verschlingen, wie auch, bei vier Stubentigern. Bei

Piggy gestaltet sich die Geburtstagsüberraschung einfacher. Einen leckeren Knochen, an dem sie im Garten herumknabbern kann.

Der Tierarzt hat mir die Augen geöffnet, dass jeder Tag mit Piggy ein Geschenk ist. Klar, dass wir unseren Hund jetzt erst recht verwöhnen. Die Spaziergänge werden intensiver wahrgenommen. Das Verhalten von Piggy genauer beobachtet. Ich möchte mir nicht vorstellen, wie es ist, wenn sie nicht mehr ist.

Einige Wochen nach dem Arztbesuch liegt Piggy bewegungslos auf ihrem Schlafplatz. Keine Regung.

Geschockt bleibe ich bei diesem Anblick stehen. Rufe ihren Namen. Keine Reaktion. Kein schwänzeln. Sie guckt mich qualvoll an. Vorsichtig nähere ich mich ihr. Knie vor sie nieder. Betaste ihre Nase.

Trocken, heiß fühlt die sich an. ›Fieber‹, schießt es mir durch den Kopf. Greife zum Handy, dass auf dem Küchentisch liegt. Wähle die Nummer vom Tierarzt. Mir kommt es so vor, als vergingen kostbare Stunden, bis sich die Sprechstundenhilfe meldet.

»Hallo, Tierarztpraxis Doktor Rüedi«, meldet sie sich.

»Ich benötige dringend den Doktor. Kann er nach Hause kommen? Meinem Hund geht es sehr schlecht«, schreie ich förmlich in das Handy.

»Moment«, weg ist sie. »Er schickt Ihnen die Vertretung vorbei. Sie wird um sechzehn Uhr bei Ihnen zu Hause eintreffen«, erwidert die Dame.

»Geht es nicht eher? Was kann ich für den Hund tun? Wie senke ich das Fieber«, löchere ich die Arzthelferin.

»Kühlen Sie den Hund mit nassen, kalten Tüchern. Kommen Sie kurz vorbei, ich kann Ihnen Zäpfchen mitgeben«, ist ihre Auskunft.

Ich verlasse Piggy nicht. Telefoniere mit einer Nachbarin. Sie erklärt sich einverstanden, in die Praxis zu fahren. Unterdessen kühle ich Piggy, rede auf den Hund ein. Versuche sie zu beruhigen. Wasche sie, denn sie hat nicht die Kraft ihre Notdurft im Garten zu verrichten. Egal, das kann man alles aufwischen. Ich benachrichtige meinen Partner und teile ihm mit, wie es um Piggy steht.

»Ich komme schleunigst nach Hause«, sagt er und legt auf. Ich sorge mich um meinen Vierbeiner. Klar, sie hat schon manche harmlose Krankheit durchgestanden, schwirren mir die Gedanken durch den Kopf. Damals, als Minouche sie unter dem Auge verletzt hatte. Ab und zu Magen-Darmprobleme aufgeschnappt, wenn sie unterwegs Unrat gefressen hat. Zecken, die sich ihre Haut ausgesucht haben. Die Sterilisation. Vor einem halben Jahr tobte sie im Wald beim Grillplatz herum. Urplötzlich begann sie zu winseln. Was wir dann zu sehen bekamen? Eine stark blutende Pfote. Scherben von Bierflaschen lagen unweit von jenem Platz. Piggy ungestüm herumtobend sah die zersplitterte Flasche nicht.

In der hundsmiserabeln Konstitution, wie sie jetzt auf ihrem Schlafplatz liegt, habe ich sie noch nie gesehen. Die Zeiger meiner Armbanduhr rücken sehr schleppend Sekunde um Sekunde voran. Endlich kommt die Nachbarin mit dem Medikament. Sofort versuche ich, Piggy so hinzudrehen, damit ich ihr das Zäpfchen einführen kann.

Piggy hebt ihre Lefzen. Zeigt mir unwillig ihre Zähne. Noch nie hat sie dermaßen reagiert.

Wie froh bin ich, als just in diesem Moment mein Partner durch die Haustür tritt. Im Schlepptau die Tierärztin. Sie schaut sich unseren Vierbeiner genau an. Möchte Piggy gründlicher untersuchen.

Das lässt die Hündin nicht zu. Bis auf einen Meter darf die Ärztin an den Hund herantreten.

»Komm nicht in meine Nähe. Lass deine Finger von mir«, scheint Piggy auszudrücken.

»Was nun? Es gibt zwei Möglichkeiten«, klärt uns Frau Doktor auf.

»Erstens, ich kann Ihrem Hund Erleichterung schaffen mit starken Medikamenten. Ich erkenne nicht, an was sie leidet. Aus meiner langjährigen Erfahrung hingegen kann ich nicht ausschließen, dass sie enorme Schmerzen hat. Somit können wir ihr Leben schmerzfrei verlängern. Zweitens, wir erlösen sie jetzt. Es ist Ihre Entscheidung«, gibt sie uns zu verstehen.

Lange beratschlagen wir. Was ist das Beste für den Vierbeiner? Sollen wir tatsächlich die alte Hündin leiden lassen? Die Entscheidung. Wiederholt stehen wir vor einer Beurteilung über Leben und Tod.

Wir bestimmen unseren Liebling einzuschläfern. Wir haben die Rechnung ohne Piggy gemacht. Ich sah noch nie einen Verbeiner, der sich so gewehrt hat. Die Tierärztin kommt nicht an den Hund heran. Für uns heißt das: Piggy will leben.

Die Tierärztin verlässt uns unverrichteter Dinge. Hinterlässt uns Medikamente und ihre private Telefonnummer. Im Fall eines Falles, wenn sich der Zustand verschlimmert.

Abwechslungsweise harren wir die Nacht hindurch bei Piggy aus. Der Tiger weicht nicht von ihrer Seite. Legt sich unmittelbar zwischen die Pfoten von Piggy. Minouche beobachtet das Szenario vom Küchenstuhl aus.

Gegen morgen, ich sitze immer noch fast unbeweglich vor dem Krankenlager. Piggy bewegt sich. Ich messe ihre Temperatur. Bin erstaunt, dass sie kein Fieber mehr hat, die Temperatur hat sich normalisiert. Sie versucht aufzustehen, ihr fehlt es noch an Kraft.

Rasch spurte ich zu meinem Partner, um ihm die Neuigkeiten zu berichten. Zusammen tragen wir Piggy zur frühen Morgenstunde hinaus in den Garten. Mein Partner stützt die Hündin. Packt sie unten am Bauch, um ihr zu helfen, dass sie sich aufrichten kann.

»Geschwind, bringe mir ein Badetuch«, ruft er mir zu. Ich mache, wie er mir aufgetragen hat und kehre mit einem Frottiertuch zurück. Er legt das eine Ende vom Badetuch unter die Hündin. Schiebt es um den Bauch von Piggy, sodass er die beiden Enden des Tuches mit einer Hand festhalten kann. Zieht die Enden vorsichtig nach oben.

Es sieht aus, wie zu meiner Schulzeit im Schwimmunterricht. Wenn der Schwimmlehrer einem die Gurte anlegt, damit man angstfrei schwimmen lernt.

Mit der Stützhilfe kann sie vorsichtig aufstehen, um ihre Notdurft zu verrichten. Rasch wird sie schwächer, die Kraft verlässt sie aufs Neue. Behutsam trägt mein Partner Piggy auf eine flauschige Unterlage. Ich kann somit ihren Schlafplatz reinigen.

Täglich verwöhnen wir sie mit dem allerbesten Futter, mit ihren Lieblingsspeisen. Futterergänzungsmittel, dass ihre Vitalität steigern soll, gebe ich bei. Sie kann wieder gehen. Stundenlange Spaziergänge können wir nicht mehr unternehmen. Piggy bestimmt, wie weit sie laufen mag. Das akzeptieren wir, denn wir sind glücklich, dass sie lebt.

»Sie wollte uns noch nicht verlassen. Aus diesem Grund hat sie sich dermaßen gesträubt, als die Tierärztin sie einschläfern wollte. Ihre Zeit ist noch nicht gekommen«, meint mein Lebenspartner.

Piggy hingegen genießt jede Minute, die sie im Garten an ihrem Lieblingsplatz liegen kann. Die Sonne ihren Pelz erwärmt. Bei uns in der Nähe, mit uns zu sein. Sie lässt es zu, dass die Katzen bei ihr schlafen, ihr Futter teilt sie mit den Stubentigern. Die gealterte Dame kostet ihre noch verbleibende Zeit voll und ganz aus.

Wir wissen, dass sie keine drei Jahre mehr leben wird. Ich schiebe jeglichen Gedanken an den Tod von Piggy weit von mir ...

Was ihr immer noch Spaß macht? Sie zerreißt Zeitungen, Papiertüten und fabriziert Konfetti in Hülle und Fülle. Ihr Schlafplatz sieht aus, als wäre bei ihr, aber nur bei ihr, Karneval. Ich lasse sie gewähren. Die Katzen erfreuen sich an den Papierschnipseln. Die stecken nach wie vor, alle unter einer Decke. Es geht aufwärts mit Piggy. Sie blüht auf, als würde sie den dritten Frühling erleben. Meine Freundin warnt mich vor.

»Pass gut auf deinen Vierbeiner auf. Lass sie nie zu lange unbeaufsichtigt. Ich kenne dieses Verhalten von meinen Hunden. Das könnte das letzte Aufbäumen sein, bevor sie stirbt.«

Ich möchte das nicht verstehen, schon gar nicht ihren Worten Glauben schenken. Bis zu jenem verhängnisvollen Morgen.

Vier Wochen hat Piggy ihr Leben ausgekostet. Wir lesen ihr jeden Wunsch von den Augen ab. Seien Sie ehrlich, liebe Leser, wer würde nicht so handeln?

Mein Lebenspartner hat das Haus bereits verlassen. Der Sohn wohnt vorübergehend in der Klinik in der er eine Weiterbildung absolviert.

Noch leichtfüßig, gut gelaunt, trippele ich die Treppe zum Erdgeschoss hinunter. Betrete die Küche und bleibe erschrocken in der Küchentür stehen. Piggy liegt nicht wie üblich auf ihrem Platz. Zaghaft trete ich in die Küche. Ein Angstgefühl, eine Panik ergreift mich. Einen Schritt wage ich mich weiter in die Küche. Ich sehe Piggy. Was ich zu sehen bekomme, erschüttert mich. Aufgewühlt, den Tränen nahe, bewege ich mich marionettenartig in Richtung Piggy.

Wie ferngesteuert greife ich zum Handy und drücke die Nummer vom Tierarzt. Knie nieder neben meiner Piggy. Ich beuge mich über meine Hündin, streichle ihren Kopf. Ihr Blick, diese traurigen Augen, beunruhigen mich. Spreche mit dem Arzt, gleichzeitig hebe ich den Kopf von Piggy auf meinen Schoß.

»Hallo, hallo, wer ist denn am Apparat?« Erst jetzt nehme ich die Stimme am Telefon wahr.

»Bitte, kommen Sie so rasch wie nur möglich. Ein Notfall, meine Hündin hat starke Atemprobleme. Was kann ich unternehmen, bis Sie kommen? Bitte, beeilen Sie sich«, schreie ich förmlich ins Handy.

»Der Tierarzt kann nicht kommen. Er ist mitten in einer Operation. Voraussichtlich ist die Operation gegen dreizehn Uhr beendet. Ich frage kurz nach, was Sie machen müssen. Moment«, erklärt mir die Dame ruhig.

Ich ertrage die Warterei kaum. Piggy röchelt, bekommt keine Luft. »Versuchen Sie, den Kopf von Ihrem Hund auf die Seite zu drehen. Öffnen Sie ihr Maul, beatmen Sie und drücken Sie in regelmäßigen Stößen auf ihren Brustkorb. Dr. Rüedi wird ungefähr gegen halb zwei bei Ihnen eintreffen«, endet die Sprechstundenhilfe.

Wie versteinert lausche ich ihren Worten. Mechanisch, wie ferngesteuert drücke ich die eins auf meinem Handy. Die Direktdurchwahl zu meinem Partner. Ich brülle ihn an, als trüge er die Schuld an Piggys Gesundheitszustand.

»Piggy stirbt. Ich weiß es, sie wird nicht mehr lange durchhalten, sie stirbt in meinen Armen«, ist alles, was ich unter Tränen hervorbringe.

Nun kümmere ich mich weiter verweint um meinen geliebten Vierbeiner. Handle genau nach der Vorgabe vom Arzt. Träufle ihr Wasser in den Mund. Ihre Nase ist heiß und trocken. Sie röchelt, möchte husten, würde zu gerne atmen.

Sie schnauft schwer, blickt qualvoll zu mir hoch. Ich netze ihr Fell, streichle ihr Gesicht. Atme intensiv ein, öffne ihren Mund. Beatme sie, wie ich es bei einem Menschen auch ausführen würde. Wie lange und wie oft ich die Beatmung wiederhole, weiß ich nicht mehr. Ich spüre, wie das Herz von ihr nur noch sehr schwach klopft.

»Sind das deine letzten Atemzüge«, unerbittlich mach ich weiter. Ich gebe nicht auf. Sie liegt regungslos auf meinen Knien. Es geht dem Ende zu. Ich ertrage es kaum, sie so zu sehen. Kontrolliere die Atmung. Blicke auf ihren Brustkasten. Ich meine zu sehen, dass Piggy atmet. »Verlass mich nicht. Ich bitte dich, verlass mich nicht«, unaufhörlich rede ich auf meine Piggy ein.

Gebe nicht auf, will nicht wahrhaben, dass Piggy längst den Kampf gegen den Tod verloren hat. Streichle sanft über ihren Pelz. Ich weine, nein ich heule wie ein kleines Kind. Kann meine Tränen nicht mehr zurückhalten. Zittere am ganzen Körper und beginne zu schreien, dann packen mich wieder Weinkrämpfe. Du hast mich sechzehn Jahre begleitet. Verdienst, dass ich dir beistehe, bei dir bin, dich nicht im Stich lasse, so derb mich dein jetziger Anblick auch schmerzt. Innerlich zerbreche ich.

Wie schmerzhaft der Anblick von meinem geliebten Vierbeiner ist, das kann sich nur Jemand vorstellen, der selbst je in einer solchen Situation war.

Warum du, meine geliebte Piggy? Warum kam der Tierarzt nicht zum richtigen Zeitpunkt, um dich zu erlösen? Warum musstest du so qualvoll ersticken? Ich schließe deine Augen, hole eine Decke und harre an deiner Seite aus. Wieder und wieder prüfe ich deine Atmung. Ich glaube zu sehen, dass sich das Tuch hebt und senkt. Es ist ein Trugbild, dass ich nicht wahrhaben will. Schlage die Decke zurück, starre Piggy an und bin der Verzweiflung nahe. Sie lebt doch noch. Sie hat doch noch geatmet. Ich rüttle und schüttle die Hündin sanft, in der Hoffnung, dass sie erwacht.

Endlich steht mein Partner in der Küche in Begleitung von Doktor. Rüedi. ZU spät. Unbeherrscht keife ich die Männer an. »Meine Piggy ist erstickt.«

Tränen der Trauer, der Wut. Gereizt, mit meinen Nerven am Ende, lass ich mich erneut auf den

Fliesenboden fallen. Suche Halt an meiner Piggy, die sich kalt anfühlt.

»Ich schaue mir den Vierbeiner an, um sicher zu gehen, dass sie tot ist«, spricht der Tierarzt zu meinem Lebenspartner.

»Tun Sie das«, antwortet mein Partner wie in Trance. Erst jetzt erkenne ich, dass auch er am Weinen ist. Dass auch er sehr traurig ist. Versucht, mir zu Liebe, stark zu sein. Er sich zusammenreißt, um mich nicht noch mehr zu belasten.

»Sie ist tot. Was soll nun mit ihr geschehen? Soll ich sie mitnehmen und in die Sammelstelle fahren, dort abgeben? Oder wie möchten Sie vorgehen? Sie können den Hund auf keinen Fall im eigenen Garten beerdigen, das ist verboten«, fragt er uns nüchtern.

Ich höre nur das Wort ›Sammelstelle‹ und schon flippe ich wieder aus. Cholerisch schreie ich los. »Sammelstelle? Nie und nimmer gebe ich meinen Hund in eine Sammelstelle. Ich weiß, dass es in schätzungsweise achtzig Kilometer Entfernung ein Tierkrematorium gibt. Bitte Schatz, ruf du dort an, dass wir noch heute mit Piggy vorbei kommen möchten«, schluchze ich meinem Partner zu. In Tränen aufgelöst sitze ich neben meinem toten Vierbeiner. Die Katzen wagen sich dazu. Schnuppern an ihrem leblosen Körper, was mich erneut in Rage bringt.

Nur vage entnehme ich aus der Ferne, wie mein Partner den Anruf tätigt. Doktor Rüedi sich von mir zu verabschieden versucht. Ich höre es nicht.

Noch am selben Tag fahren wir in Richtung Tierkrematorium. Die gesamte Fahrt hindurch schaue ich immer wieder unter die Decke. Ist sie wirklich von uns gegangen? Wir werden bereits erwartet.

Ein schwerer Gang

Man empfängt uns mit dem gebührenden Mitgefühl. Führt uns in eine Art Büro mit angrenzendem Ausstellungsraum.

»Bitte begleiten Sie mich zu Ihrem Wagen, damit meine Angestellten sich um Ihren Liebling kümmern können«, richtet der nette Herr sein Wort an meinen Partner.

Mich lässt man zurück. Was mache ich hier? Piggy ist noch keinen Tag von uns gegangen. Ich schaue mich im Raum um. Regale stehen an den Wänden. Darauf ausgestellt, abgestellt Unmengen von verschiedensten Urnen. Mit Inschriften, Bildern, aus Holz bis hin zu Marmor.

Ich darf nicht daran denken, dass meine Piggy bald zu Asche wird. Hemmungslos lasse ich meinen Tränen freien Lauf. Kann mich nicht zusammenreißen.

Egal, was die anderen von mir denken, die sich im selben Raum umsehen. Wie kann man nur so emotionslos die Urnen anschauen. Liebten jene Personen ihr Haustier nicht? Bin ich die, die alles zu nah an sich heranlässt?

Die beiden Männer kehren zurück. Erkenne, dass das Ganze nicht spurlos an meinem Partner vorüber geht.

»Einen Moment, Frau Rot, Sie werden aufgerufen, sobald Sie von Ihrem Vierbeiner Abschied nehmen können«, spricht der Mann einfühlsam zu mir. Das Warten wird unerträglich. Mein Lebenspartner tippt mich an.

»Was denkst du, für welche Urne sollen wir uns entscheiden? Piggy war eine unkomplizierte Hündin. Sie braucht keinen Prunk, denke ich. Wie siehst du das? Marmor, Metall, Kunststoff oder Holz? Mit Gravur oder ohne?«

»Ach, Schatz«, schluchze ich, »ich bin nicht in Stimmung, im Moment an so etwas zu denken. Ich vermisse sie schon jetzt. Sie fehlt mir so sehr. Ich darf nicht daran denken, was nun mit ihr geschieht.«

»Sie geht über die Regenbogenbrücke. Trifft sich dort mit ihren längst verstorbenen Kumpanen. Wird auf Maudi treffen und glücklich sein«, spricht er im Flüsterton auf mich ein.

»Frau Rot, Herr Müller, wir sind soweit. Bitte folgen Sie mir«, teilt uns der Herr fürsorglich mit.

Man führt uns in einen Nebenraum. Brennende Kerzen stehen auf verschiedenen Tischchen. Auf einer Trage liegt gebettet auf einem Samtkissen, Piggy. Blüten drapierte man um sie herum. Zugedeckt, sodass man nur ihren Kopf sehen kann, liegt sie friedlich da, als würde sie schlafen.

»Ich lasse Ihnen nun Zeit, dass Sie sich von ihr verabschieden können. Wenn Sie soweit sind, bitte rufen Sie mich«, verlässt uns der Herr.

Jetzt sind wir unter uns. Ich streichle sanft über ihren Kopf, ihr Gesicht. Lege meinen Kopf auf ihren Körper. Möchte hören, ob ihr Herz wirklich nicht mehr schlägt. Küsse sie, umarme sie ein allerletztes Mal. Würde sie am liebsten wieder mitnehmen.

»Wenn ich jetzt nicht sofort gehe, nehme ich sie wieder mit nach Hause«, heule ich meinen Partner an.

»Ich muss hier raus, muss hier weg.« Ich rase kopflos aus dem Raum. Suche Zuflucht in unserem Auto. Weine unaufhörlich. Ein schlechtes Gewissen überkommt mich.

Ich halte das Versprechen gegenüber dem Lebenspartner und Piggy nicht. Trockne meine Tränen, wische mir mit einem Taschentuch rasch über das Gesicht. Beeile mich, um rechtzeitig bei den beiden einzutreffen.

»Wo warst du? Es ist so weit, sie möchten Piggy jetzt mitnehmen«, klärt mich mein Partner auf. Ich kann nur nicken, denn meine Stimme versagt.

»Es liegt jetzt an uns, die passende Urne auszusuchen, bist du dazu im Stande? Hast du dich entschieden? Komm, wir sind nicht die Einzigen, die ihren Liebling heute verloren haben«, drängt er mich.

Im Ausstellungsraum wählen wir die Urne aus Holz aus. Ohne Inschrift und ohne Schnick-Schnack, was am besten passt. Wir werden aufgefordert, ein Formular auszufüllen, das mein Partner übernimmt. Ich wäre nicht fähig, auch nur eine Zeile zu schreiben, so sehr zittern meine Hände. Ich sitze schweigend daneben, lass alles geschehen. Es kommt mir so vor, als säße ich in einem Theaterstück. Das geht mich hier alles gar nichts an.

Es wird bezahlt und versprochen, dass wir innerhalb der nächsten zwei Wochen ein Paket nach Hause geliefert bekommen.

Werde zum Wagen geschoben, setze mich auf den Beifahrersitz. Die Fahrt nach Hause vergeht viel zu schnell. Ich träume die ganze Fahrt über, dass ich mit Piggy einen Spaziergang am Bach entlang unternehme.

Erst als das Auto zum Stehen kommt und mein Freund mich anstupst, merke ich, das die Realität trist ist.

Tage vergehen. Das Haus kommt mir leer vor. Die Katzen vermissen ihre Freundin genauso. Sind stets auf der Suche nach ihr. So kommt es mir vor, wenn sie öfters auf dem ehemaligen Schlafplatz der Hündin liegen. Abwartend im Garten auf das Gartentor lugen.

Nach zwei Wochen wird wie versprochen das Paket geliefert. Ich weiß, was drinnen ist. Warte bis mein Lebenspartner abends nach Hause kommt. Er kann diesen schweren Part für mich übernehmen.

Am späteren Abend überlegen wir gemeinsam, an welchem Ort es Piggy gefallen würde. Wir müssen beachten, dass die Katzen nicht an das Holzkistchen gelangen. Wir wählen das Gartenhaus aus. Auf der Kommode neben den verschiedenen Bildern wird die Urne aufgestellt. Es fällt niemandem auf, dass es sich hierbei um eine Urne handelt.

Zu einem späteren Zeitpunkt beschriftet mein Schatz das Kästchen. Mit einem Lötkolben brennt er folgendes ein: ›2006‹.

Das Leben geht weiter, mache ich mir Mut. Der Alltag kehrt ein. Die Katzen halten uns nach wie vor auf Trab.

Nach einem dreiviertel Jahr schreibe ich diese Zeilen:

»Miss Piggy, dich werde ich nie vergessen. Du warst sechzehn Jahre an meiner Seite. Du die Golden Retriever-Dame. Als Welpe habe ich dich zu mir geholt. Oder hast DU mich ausgesucht?

Hast alle meine Gefühle gespürt, ob Trauer oder Glück. Angst oder Pein. Jederzeit warst du da. Kamst auf mich zu und hast mich angestupst. Geguckt, geleckt oder deine Pfote hat mich berührt. Deine

Augen zeigten mir, was du fühltest. Was haben wir nicht alles zusammen unternommen.

Waren im Wald und auf großer Reise. Waren im See oder Fluss am Baden. Nie war ich ohne dich. Du meine Beschützerin, Begleiterin und Trösterin, alles warst du für mich. Wie oft habe ich dir mein Leid geklagt. Immer hast du zugehört, mich verstanden. Beschützt hast du mich vor jenem Tyrannen. Zu einem bissigen Hund wollte dich der Tyrann trainieren. Männer hast du ab jenem Zeitpunkt gehasst. Hast mich vor jedem Fremden gewarnt. Du hast jederzeit gespürt, ob ein Mensch gut oder schlecht war. Hast mich beschützt. Hast mir den Richtigen gezeigt.

Was gab ich dir? Habe versucht, dir mein Hund, ein glückliches Leben zu ermöglichen. Gemeinsam gingen wir durch dick und dünn. Du durftest verschmutzt sein, durftest in Schlamm baden. Wie viele Gruben und Löcher hast du in meinem Garten ausgehoben? Nach was hast du da gesucht?

Wie oft haben wir deine Freunde besucht? Waren in Gruppen unterwegs. Hattest das Recht, jederzeit Hund zu sein.

Sohnemann hat mit dir gespielt. Einige Bälle hast du ihm verbissen. Ein Hund, der darf das. Auf Sofas geschlafen. Mit den Katzen hast du so einiges angestellt. Hast mit den Stubentigern Frieden gehabt.

Unsere Beeren hast du uns geklaut. Sie haben dir geschmeckt. Äpfel geklaut, sie haben dir gemundet.

Katzen hast du eingeladen und die blieben. Geliebt hast du den Tiger, geschmust mit ihm und alles geteilt. Was für ein spezieller Hund warst du.

Ängstlichen Kindern und Erwachsenen hast du die Angst vor Hunden genommen. Haben zusammen Schulen und erkrankte Kinder besucht. Was für ein spezieller Hund warst du.

Wie oft hast du meine Kleider geklaut, darauf herum gekaut? Schuhe zerbissen. Mit dem 68er und Kali die erste große Liebe erlebt.

Freude hat es dir bereitet, wenn du glänzende Kugeln herumtragen konntest. Warst lernbegierig. Vorwitzig und oft verliebt.

Wir waren zusammen beim Tierarzt. Bei allen deinen Krankheiten und Unfällen stand ich dir zur Seite.

Wie oft hab ich dich an mich gedrückt? Geschmust, geknuddelt, gedrückt. Wenn ich dich getadelt habe, so verzeihe es mir.

Wenn ich nicht dankbar war für jede Maus, die du mit mir teilen wolltest, so verzeihe es mir.

Aufgeschrien habe, wenn du mit einer Ratte im Maul angerannt kamst, so verzeihe es mir.

Wie oft habe ich dich gebadet? Immer, wenn sich dein Fell von Blond auf schwarz verfärbt hat. Dreck,

Schlamm, Kuhdung und Fuchs-Kot hast du geliebt. Für dich war es ein besonderes Parfüm.

Viel habe ich durch dich und mit dir gelernt. Wäre jeder Mensch ein solcher Hund, wie DU einst gewesen bist, es wäre vieles besser auf der Erde.

Nie warst du schlecht gelaunt. Nie hast du mich verletzt. Nie hast du mir nicht vertraut. Nie hast du mir etwas nicht verziehen.

Hast mich stets mit Freude empfangen. Hast mir gezeigt, dass du die beste Freundin bist und immer sein wirst. Hast mich in schweren Stunden getröstet. Hast Sohnemann begleitet, als wahrer Freund. Warst geduldig, wenn der Junge dir Kunststücke beibringen wollte.

Nun ist deine Zeit gekommen und du reist in den Himmel. Gehst über die Regenbogenbrücke. Ich begleite dich bis hin zum Tod.

Warum nur musstest du gehen? Warum lässt du mich jetzt allein? Ich denke noch heute oft an dich. Du hast einen Platz in meinem Herzen. Jahre sind vergangen, dich Piggy vergesse ich nie.

Geliebte unvergessene Piggy.

Seelenclown

Du weichst mir nicht von meiner Seite,
gehst treu mit mir durch Sturm und Wind;
bist Freund, Gefährte und Beschützer -
manchmal auch verspieltes Kind.

Dein Blick, er lässt mich stets erweichen,
kann Dir nicht einmal böse sein.
Auf Dich setz ich zur Not mein Leben -
stellst meinem Herzen nie ein Bein.

Deine Schnauze kalt wie Raureif,
der Charakter warm und gut;
Liebst mich ohne was zu fordern -
kämpfst für mich mit ganzem Mut.

Du, mein treuer Weggenosse,
Dir kann ich auch blind vertrau'n;
bist für mich mein größtes Herzstück -
Kamerad und Seelenclown.

©Norbert van Tiggelen

Ein Welpe

Monate vergehen. Den Alltag meistern wir alle gemeinsam. Oft sitzen wir drei zusammen und schwelgen in Erinnerungen. Piggy ist in jenen Stunden Gesprächsthema Nummer eins.

Vergessen können und wollen wir sie nicht. Ein anderer Welpe kommt im Moment nicht in Frage. Zu groß wäre die Gefahr Vergleiche zu ziehen. Da sind wir uns alle einig. Es wird gewartet. Irgendwann wird die Zeit reif sein, um einem anderen Welpen ein Zuhause zu bieten.

»Wer einmal Hundehalter war, wird immer wieder ›auf den Hund kommen‹«, stichelt meine Freundin vom Tierheim. »Bei euch wird es auch nicht anders sein. Wirst sehen, die Zeit wird kommen.«

Wochen nach diesem Gespräch ruft mich meine Freundin erneut an. Sie fragt mich total aus dem Häuschen.

»Begleitest du mich? Wir können uns Berner-Sennen-Welpen anschauen gehen. Eine Bekannte von mir züchtet. Da meiner, wie du weißt, bereits vor einem Jahr verstorben ist, würde ich mir jene Hunde gerne ansehen gehen. Wie sieht es aus? Kommst du mit?«

»Ich will keinen Welpen. Möchte auch keine jungen Hunde anschauen. Nein, im Moment gehört mein Herz Piggy.«

Die Freundin spricht auf mich ein, lässt nicht locker. Sie gibt nicht auf und will mich überzeugen.

»Du sollst mich nur begleiten. Wer sagt denn, dass du dir einen Welpen zulegen musst? Ich fahre ungern die Strecke allein.«

Soll ich mit? Kann mich nicht entschließen. Ich kenne mich nur zu gut. Kann ich NEIN sagen, wenn ein winziger Fellknäuel vor mir sitzt? Bleibe ich standhaft? Werde ich überredet?

Nach einigen Tagen lasse ich mich verführen, also fahren wir gemeinsam hin. Gucken darf man doch. Kaum auf dem Vorplatz vorgefahren, sehe ich die Bande. Da sitzt sie nun, die pummelige Kugel. Darf kaum hinschauen und wage gleichwohl einen kurzen Blick.

Tränen der Erinnerung lösen sich. Meine Seele, mein Herz weint. Es ist nicht okay, hier zu sein. Kann Piggy nicht vergessen, will sie nicht ersetzen.

Die Fellkugel purzelt in unsere Richtung. Laufen kann der Welpe noch nicht gut. Mehr oder weniger stolpert der Kleine über seine eigenen viel zu wuchtigen Pfoten. Verliert das Gleichgewicht. Die Figur eher in die Breite gehend als in die Länge. Viel zu kurze, gekrümmte Beinchen machen es ihm nicht einfacher, sich fortzubewegen. An der Staturgröße muss er auch noch zulegen. Für mich sieht der Welpe eher aus, wie eine Wurst mit vier Pfoten.

Das soll mal ein echter Hund werden? Dieses Ding, das, wenn es sich kratzen will herumpurzelt? Die Fellnase? Schwarz, braun mit ein wenig weiß? Mit seinen Kulleraugen schaut das Etwas aus Pelz mich durchdringend an.

›Nein, bitte, guck mich nicht so bettelnd an. Ich möchte dich nicht, nein‹, arbeitet es in meinem Kopf.

Lasse meinen Gedanken freien Lauf. Zum Glück besitzt das Fellknäuel Augen, sonst würde niemand erkennen, welches das Hinterteil und welches das Vorderteil ist. Ansonsten hilft in solchen Fällen nur der Wurst-Test. Dort wo es zuschnappt, ist das Vorderteil.

Muss lachen, auch wenn mir zum Weinen, nein, zum Heulen ist. Die Zeit ist noch nicht reif, ich will keinen anderen Hund, Schluss.

Meine Freundin lacht, dreht sich weg und murmelt etwas in sich hinein. »Nein, liebste Freundin, nix da.«

Bücke mich, greife nach dem Fellknäuel und Schwupps, trage ich es wahrhaftig in meinen Armen. Warum um Himmelswillen habe ich das getan?

Die Dame des Hauses, die Züchterin kommt uns winkend entgegen. »Ach, Sie sind schon da? Ich habe

Ihren Wagen nicht gehört. Die Hundebande nimmt mich ganz schön in Anspruch«, entschuldigt sich die Züchterin. »Kommen Sie, kommen Sie, ich zeige Ihnen alles«, und schon spazieren wir im Gänsemarsch über die weitläufige Anlage. Nebenräume, Stallungen und ein Zimmer, in jenem die Hundemama und ihre Kleinen die Nacht verbringen. Hundebetten, Kissen, verschiedenste Spiele, alles hundegerecht eingerichtet.

»Das Ruhezimmer. Damit die Berner-Sennen-Mama ihre Welpen in aller Ruhe säugen kann«, erklärt uns die Dame. Ich bin beeindruckt.

Draußen hat sie eigens für die Hundedame, die Junge zur Welt brachte, einen geräumigen Zwinger gebaut. Der Höhepunkt von dem Zwinger, er hat einen unterirdischen Tunnel. So können Mutter und Kinder gefahrlos auf die eingefriedete Hunde-und Spielwiese.

Nach der umfangreichen Besichtigung bittet sie uns zu Kaffee und Kuchen. ›Fantastisch‹, denke ich mir und sehr sympathisch.

Auf der Veranda setzen wir uns gemeinsam an den längst hergerichteten Tisch. Meine Freundin, die sich in Wirklichkeit für einen Welpen interessiert, beginnt die Fragestunde. Die beiden Frauen unterhalten sich intensiv. Ich schaue mich um, beobachte die acht Berner-Sennen-Welpen die uns Gesellschaft leisten.

Die zwei Frauen sind in ihr Gespräch vertieft. Sie sprechen über die Aufzucht. Die Züchterin erklärt, dass sie für einen der Welpen gewiss keine Interessenten findet.

»Die Hündin hat zahlreiche ›Fehler‹. Sie wird zu keiner Zeit die vorgeschriebene Größe erreichen, die Zeichnung im Fell ist nicht korrekt«, jammert sie.

Ich höre nur mit halben Ohr zu, denn ich will ja keinen Hund. Komme mir wie das fünfte Rad am Wagen vor. Entschuldige mich bei den Frauen und entferne mich. Setze mich auf den Holzboden zu den Rabauken, warum auch immer. Was zum Teufel hat mich hier geritten?

Reizend sind sie ja, die Kleinen. Vor allem der eine Welpe, der an mir herumknabbert. ›So wie damals Piggy, als sie mir mein Herz gestohlen hat‹, sinniere ich.

Ich erhebe mich, um mich nicht umstimmen zu lassen. Das haarige Etwas bleibt bei mir. Verfolgt mich, winselt, purzelt über die eigenen Pfötchen.

Warum ich das Tier auf meine Arme hebe, keine Ahnung. In dem Augenblick als ich den Welpen an meinem Körper spüre, bereue ich es sofort. Was tue ich hier nur ...

Meine Freundin beobachtet mich, tuschelt mit der Züchterin und zückt ihre Kamera, ohne das ich es bemerke.

»Komm, setz dich zu uns. Du hast deinen Kaffee noch nicht ausgetrunken. Habe mir einen Welpen reservieren lassen«, strahlt sie mich an.

Wie mir geheißen, setze ich mich auf die Bank, die um den Tisch herum reicht. Der Kaffee ist bereits kalt in meiner Tasse. ›Egal, kalter Kaffee soll doch bekannterweise schön machen‹, denke ich mir.

Dass ich die Kleine immer noch mit mir herumschleppe, denn sie ist kein Leichtgewicht, merke ich nicht. Schön brav sitzt sie auf meinen Schoss und? Pinkelt mich die Fellkugel in aller Ruhe an. Dass Welpen ihren Urin nicht zurückhalten können, ist jedem klar. Ich spüre es erst, als es warm und feucht wird auf meinen Oberschenkeln.

»Guck einmal, die liebt dich«, meint meine Freundin.

Na, wenn das Liebe ist, wenn die Kugel noch so klein ist, wie endet diese Liebe wohl, wenn dieser Hund ausgewachsen ist?

Kurz darauf fahren wir nach Hause, ohne Kugel, aber mit nassen Hosen meinerseits. Mein Herz ist besetzt. Die Erinnerung an Piggy ist präsent.

Die Fahrt hindurch plappert meine Freundin auf mich ein. »Freue mich auf die neue Mitbewohnerin. Sie ist sehr hübsch, ähnelt der bereits vor zwei Jahren verstorbenen Lady«.

Nach zweistündiger Fahrt komme ich sicher zu Hause an. Auf dem Parkplatz steht wartend mein Lebenspartner. Er tritt an mein Fahrzeug heran und untersucht das Wageninnere.

»Na, wo ist er denn, der Kleine? Versteckst du ihn?«

Er sucht weiter und vergisst mich. Warum begrüßt er mich nicht mehr?

»Hallo.« Winkend versuche ich, auf mich aufmerksam zu machen.

»Ich bin auch noch da. Ja, die Fahrt war anstrengend. Sicher, meine Freundin hat ihren Welpen reserviert. Sprichst du nicht mehr mit mir? Wolltest du mich das alles fragen?«

Er hört und sieht mich nicht. Absichtlich?

»Wo hast du den Welpen. Zeig ihn mir, mach es nicht so dramatisch«, wendet er sich nun an mich.

»Nein, Schatz, ich bringe keinen Hund mit. Ich kann Piggy nicht so einfach austauschen. Will noch keinen anderen Vierbeiner.«

»Schade«, meint er. Niedergeschlagen lässt er mich stehen. Den ganzen Abend hindurch guckt er mich mit einem Blick an, der seiner ganzen Enttäuschung Ausdruck verleiht.

Mein Lebenspartner beginnt mich zu bearbeiten. Anders kann ich sein Getue nicht beschreiben. Einer Hirnwäsche gleich, versucht er, mich täglich umzustimmen. Ein Welpe täte uns alles gut. Kenne ich diese Aussage nicht?

Hatte ich damals, als ich meinen verstorbenen Mann von Piggy überzeugen wollte, nicht dieselben Worte benutzt? Sohnemann stellt sich nun auf die Seite von ihm. Hat die Partei von meinem Freund ergriffen. Fällt er mir nun auch noch in den Rücken? Was um Himmelswillen haben die beiden Männer mit mir vor?

Einige Wochen sind vergangen, ich fahre erneut mit meiner Freundin hin zur Bernersennen- Zucht. Wir holen ihr Berner-Sennen-Mädchen ab. Die Züchterin erwartet uns schon. Hinter ihr sitzt an einer langen Leine der Wollknäuel, den sich meine Freundin ausgesucht hat.

»Kommt mit, wir setzen uns auf die Veranda. Die Papiere, der Impfausweis liegen parat. So können wir gemeinsam alles durchgehen«, ermuntert uns die Züchterin.

Wir setzen uns, wie Wochen zuvor, um den Tisch. Sofort beginnen die beiden Frauen zu Fachsimpeln.

»Darf ich mich etwas umschauen?«, unterbreche ich deren Gespräch über Fütterung, Erziehung, Zucht.

»Klar, schauen Sie nur, wir sind hier noch eine gewisse Zeit beschäftigt. Wenn Sie hier links vom

Tisch durch die Tür treten, gelangen Sie auf den Balkon. Dort haben Sie einen exzellenten Ausblick auf die Spielwiese der Welpen«, klärt mich die Dame auf.

Ich folge ihrem Rat und bereue keine Sekunde. Was mir hier für ein Schauspiel geboten wird, bringt mich trotz meiner Traurigkeit zum Lachen.

Unter dem Balkon, auf dem ich stehe, muss das Gehege der Hundemutter mit ihren Babys sein. Den Zwinger sah ich beim letzten Besuch der Hundezucht. Eine schmale gepflasterte Einfahrt ist direkt vor dem Hundezwinger. Angrenzend erstreckt sich ein weitläufiges Gelände. Das Gelände ist unterteilt in drei verschiedene Grünflächen.

Auf der ersten Spielwiese ist ein Becken befüllt mit Bällen. Man kennt die Becken von den Einkaufszentren. Dort, wo Mütter ihre Kleinkinder in Obhut geben können. Kinderparadies. Zudem hängen in den Bäumen zum einen Seile, an denen die Racker ziehen und rupfen können. Tuchstreifen, Alufolienstreifen und ein Windspiel mit Glöckchen. Auf dem Rasen gibt es Gitter, Matten mit unterschiedlichster Struktur. Unweit vom Maschendrahtzaun zur Einfahrt erhebt sich ein kleiner Hügel. Immer wieder verschwinden kleine Berner-Sennen-Welpen im Hügel. Es sieht von hier oben so aus, als verschlucke sie das Erdreich. Es muss sich um den Durchgang handeln, von dem die Züchterin erzählte. Der zweite

Auslauf ist mit anderen Spielgeräten bestückt und der dritte gleicht einem Agility-Parcours. Die beiden Frauen betreten den Balkon.

»Schön die Aussicht auf die Nachzucht«, lacht meine Freundin und strahlt über beide Wangen.

Die Züchterin erklärt, warum sie drei Ausläufe zur Verfügung hat, die für die Welpen wesentlich zur Sozialisierung beitragen:

»Wie Ihr seht, haben wir im ersten Auslauf Dinge an Bäumen angebracht, die Geräusche erzeugen. Die im Wind flattern. Das die Welpen schon in den ersten Wochen an eine Geräuschkulisse gewöhnt werden, ohne das sie Angst bekommen. Im angrenzenden Gehege lernen die Welpen ab der siebten Woche unterschiedliche Bodenbeläge kennen. Gitter, Matten, Holzstämme über das die Hunde gehen können. Im letzten Auslauf üben wir mit den Agility-Geräten. Wippen, Tunnel, Stangen. Dazu gehört auch, dass wir die Vierbeiner an eine Autofahrt gewöhnen, uns auf Bahnhöfen bewegen und in einer Stadt einen Tag verbringen. Jetzt wissen Sie, warum unsere Hunde so leicht zu gängeln sind.«

Nun verstehen wir, dass die Züchterin ihre Tiere nur an ausgesuchte Hundeliebhaber verkauft. Sehr viel Arbeit investiert sie mit ihrem Mann in die Aufzucht der Berner-Sennen-Hunde.

Die Hunde verkauft sie, wenn die Tiere die sechzehnte Woche erreicht haben. Zuvor wird genau geprüft, ob man geeignet ist, einem Vierbeiner ein artgerechtes zu Hause zu bieten. Meine Freundin zeigt mir nun freudig ihre Hündin. Wir sitzen noch ein letztes Mal zusammen am Kaffeetisch. Die Freundin erhält von der Züchterin eine Tüte mit Hundefutter. ›Die Marke kenne ich, Billigfutter ist das nicht‹, denke ich mir. Sie wird beschenkt mit Hundenapf, einer Unterlage, die als Schlafplatz für die Kleine genutzt wird. Die Dame entschuldigt sich und verschwindet im Haus.

Kurz darauf erscheint sie erneut mit einem Vierbeiner in ihren Armen. Sie blickt in meine Richtung. Das darf nicht wahr sein. Meint Sie wirklich mich? Ich will keinen anderen Hund. Alles sträubt sich in mir.

»Dieses Fräuleinchen hier findet kein neues zu Hause. Ihre Zeichnung im Fell ist nicht korrekt, wäre das nicht ein Welpe für Sie, Ellen?«

Meine Freundin grinst, nickt und stupst mich dauernd. »Das Mädel passt gut zu dir. Sie hat dich doch bereits ausgesucht. Es ist jener Welpe, der dich beim letzten Besuch aus Liebe angepinkelt hat. Gib dir einen Ruck. Schau in ihre Augen, wie sie dich anhimmelt. Wie kannst du nur so gefühlskalt sein«, schwatzt sie auf mich ein.

»Du jetzt auch noch. Sag mir, habt ihr euch abgesprochen? Dich werden meine Männer beauftragt haben, mich zu überzeugen«, knurre ich sie mürrisch an.

»Ich gebe es zu. Ich habe deinem Freund und Sohn ein Foto von unserem letzten Besuch zukommen lassen. Damals, als du mit der Kleinen auf dem Boden geschmust hast. Die beiden verliebten sich sofort in den Vierbeiner. Bist du mir böse? Beide möchten wieder einen Hund. Sei kein Frosch. Bereite ihnen die Freunde. Nimm ihn mit«, überschwänglich redet sie auf mich ein.

Der Welpe glotzt zu mir hinauf. Diese bettelnden Augen. ›Nein, bleib hart, Ellen. Nicht mitnehmen, nein‹, kreisen mir die Gedanken durch den Kopf.

Ich weiß genau, dass uns allen Piggy fehlt. Ich bin mir nicht sicher, dass die drei Katzen den Vierbeiner auch vermissen. Oft kommt es mir so vor. Können Tiere andere Artgenossen vermissen? Haben Tiere solche Gefühle? Können wir auch ebendiesem Welpen ein gutes Zuhause bieten?

So kommt es, dass wir acht Monate ohne Hund leben. ›Ersetzen, werde ich dich, Piggy, nicht.‹

Meine Männer sollen ihren Willen erfüllt bekommen. Insgeheim entspricht es auch meinem Wunsch. Wir treten die Rückreise zu viert an.

Die Fahrt führt uns zuerst in unser Restaurant. Öfters, als uns lieb ist, müssen wir die Fahrt unterbrechen. Einer der Welpen verträgt die Autofahrt nicht. Die Züchterin konnte nicht ahnen, dass ich mich dazu entschlossen habe, den Vierbeiner mitzunehmen. Der Welpe hatte zuvor seine Mahlzeit erhalten, die nun im Stundentakt den Magen wieder verließ. Wie es riecht im Wageninnern? Warum es immer wieder meine Schuhe trifft? Will die Kleine jetzt schon ihr Revier markieren? Bei jedem der Stopps muss der Brei entfernt werden. Die beiden Vierbeiner an die viel zu langen Leinen anbinden und versuchen, dass sie ihre Notdurft und anderes an der frischen Luft verrichten.

Der Gestank im Auto ist kaum mehr auszuhalten. Ein Gemisch von verdauten und wieder hervorgewürgten Futterrückständen vermischt sich mit anderen Ausscheidungen. Es stinkt fürchterlich und wir auch.

Meine am Morgen noch frisch gewaschene Jeans ›verziert‹ mit Spuren von allen möglichen und unmöglichen Hinterlassenschaften. Wir alle stinken wie Ziegenböcke.

Das Duftbäumchen am Rückspiegel des Wagens versagt. Ich versprach am Morgen meinem Partner, dass ich nach dem ›Ausflug‹ direkt zu ihm ins Restaurant komme.

Auf einem Rastplatz habe ich am selben Morgen mein Fahrzeug abgestellt. So fahren wir nur mit einem Auto zur Züchterin. Nun sind wir wieder vor meinem Wagen und ich kann mit meinem Welpen alleine weiterfahren. Das es nicht einfach ist, kann sich jeder denken. Kein Transportkorb, keine Sicherheit für die Kleine. Ich platziere sie auf dem Boden im Fond, in der Hoffnung, dass sie sich nun ruhig verhält. Verabschiede mich von meiner Freundin: »Wir telefonieren, tschüss.«

Meine Freundin verabschiedet sich. »Danke, dass du mich begleitet hast. Viel Freude mit der jungen Mitbewohnerin. Ich melde mich«, macht sie sich auf den Weg in Richtung Hunde-Ferien-Heim.

Die Fahrt dauert nur noch zwanzig Minuten, die mir wie eine Ewigkeit vorkommen. Es winselt und jammert und ich kann nix tun, außer etwas schneller zu fahren und hoffen, dass nichts passiert.

Ich schäme mich jetzt schon, wenn ich nur daran denke, was für eine Duftwolke uns kilometerweit vorauseilt ...

Nach gefühlten Stunden erreichen wir den Parkplatz vom Restaurant. Für mich heißt das für den Moment Endstation! Ich muss das Fahrzeug verlassen, über die gut besuchte Terrasse laufen und meinen Partner aus der Küche locken.

Getraue mich weder links noch rechts zu schauen. Mit gesenktem Kopf begebe ich mich Richtung Kücheneingang. Wohl wissend, wie ich aussehe und welcher Mief mich umhüllt. Ich betrete die Küche nicht. In meinem jetzigen Aufzug ein No Go.

Er ist beschäftigt, steht am Gasherd. Sehe nur seinen Rücken und erkenne, wie er in verschiedenen Töpfen und Pfannen herum hantiert.

Jetzt muss ich mich bemerkbar machen. Wahrgenommen hat er mich mit Sicherheit noch nicht.

»Hallo«, rufe ich von der Tür her in die Küche. Jetzt erst dreht er sich in meine Richtung. Beginnt zu lachen, kein Schmunzeln, nein, ein schallendes Gelächter. Seine Mitarbeiter stimmen mit ein.

»Du siehst aus wie eine Vogelscheuche. Ein Gestank verteilst du hier in der Küche, da verlieren die Gäste jeglichen Hunger«, hänselt er weiter.

»Hätte eine Überraschung für dich im Auto. Doch wenn du dich so verhältst, behalte ich die für mich«, kontere ich.

Ich weiß genau, bei dem Wort Überraschung, wird er neugierig.

»Sag schon, was ist es?«

»Nein, lass nur. Ich behalte ES für mich«, erkläre ich und wende mich ab. So wird es für ihn erst richtig reizvoll.

Wie er mich anguckt. Ja, gar anhimmelt. Ich kann nicht anders.

»Begleite mich zum Auto. Die Überraschung wiegt viel. Du weißt, ich habe Rücken«, versuche ich, ihn auf eine falsche Fährte zu locken.

Man stelle sich bitte vor, die Terrasse vom Restaurant ist überaus gut besetzt wie an jedem Tag, wenn die Sonne strahlt und uns alle wärmt. Jeder Tisch ist besetzt, kein einziger freier Stuhl steht dort.

Mein Partner folgt mir mit flottem Schritt. Bekleidet mit seiner Küchenuniform, er zieht sich gar nicht erst um. Denkt er sich, dass der Wocheneinkauf im Wagen liegt?

Heimlich muss ich lächeln. Wie er in seiner schwarz-weiß karierten Kochhose, der Kochbluse und der Küchenschürze hinter mir her dackelt. Wir stehen gemeinsam vor dem Fahrzeug.

Jetzt sieht er SIE. Das Hundemädchen, dass im Fußraum kauert. Soll ich wirklich die Autotür öffnen? Weiß er, was für ein Gestank ihm dann entgegenschlägt?

Er hat meine Ausdünstung ertragen, ohne in Ohmacht zu fallen. ›Er ist ein gestandener Mann, verträgt mit Sicherheit auch das ›Parfüm‹ vom Welpen‹, denke ich mir.

Ein Halsbändchen, Leine, Futternapf und Welpenfutter bekam ich von der Züchterin. Den Welpen habe ich bereits daran festgezurrt. Mein Partner gerät in eine solche Euphorie, dass sein Temperament mit ihm durchgeht. Er denkt und sieht nichts anderes mehr. Vergisst seine Gäste, dass Gekochte, dass in der Küche auf ihn wartet. Vergisst, wo er sich aufhält. Hat nur noch Augen für den Welpen.

Unverzüglich fasst er ins Wageninnere. Greift nach dem Vierbeiner. Setzt diesen sanft vor sich auf den geteerten Parkplatz.

»Komm, tu, tu, tu, na komm kleine Maus. Ja du, du, du, du, du komm«, zieht er behutsam an der langen Leine.

Die Gäste amüsieren sich köstlich. Dieser korpulente Mann in weiß, mit Kochmütze und Schürze. Er versucht rückwärtsgehend, die Kleine zu bewegen.

Doch dies Wollknäuel stellt sich stur. Setzt sich hin, rammt die vier Pfoten auf den Boden. Pfoten, die viel zu überdimensional wirken im Verhältnis zum Rest des Körpers. Der Welpe gebärdet sich wie ein trotziges Kleinkind. Sie will sich partout nicht vorwärtsbewegen. Mein Partner gibt nicht auf. Spricht und plappert auf das Ding ein. Die Gäste halten sich schon ihre Bäuche. So ein Bild haben sie noch nie vorgesetzt bekommen vom Wirt, der Chef in Kochuniform mit störrischem Hunde-Welpen. Das sieht dermaßen urkomisch aus, dass ich mir das Lachen nicht mehr verkneifen kann. Piggy ist im Moment vergessen.

Nach einer halben Ewigkeit bemerkt mein Partner, was er hier für ein Theater veranstaltet. Schmunzelt über sich selbst. Kniet vor den Welpen. Hebt ihn hoch und trägt den Hund, unter tosendem Applaus der Gäste, in den hinteren Teil der Terrasse.

Was für ein Schauspiel für Personal, Gäste und uns. Logischerweise wird sein Gang quer über die Terrasse von einigen Gästen kommentiert.

Sprüche wie:

»Unser Wirt ist auf den Hund gekommen.«

»Kommt der Wirt heute noch dazu, für uns zu kochen?«

Und einiges mehr muss er sich anhören.

Wir setzen uns für eine kurze Zeit an einen Tisch, bevor mein Partner sich frische Kochklamotten überzieht und wieder seiner Arbeit widmen muss.

Sperrstunde ist bei uns um zweiundzwanzig Uhr. Bis jedoch der letzte Gast seinen Platz verlässt, vergeht geraume Zeit. Aufräumen, die Reinigung von Küche, Buffet und Terrasse kostet eine wertvolle Stunde. Das Personal teilt sich auf, die einen putzen drinnen, die anderen draußen. Das hat sich in den Jahren perfekt eingestellt. Wir setzen uns immer noch für einige Zeit zusammen mit dem Personal an einen Tisch und lassen den Tag Revue passieren. Doch heute ist alles anders. Der Welpe wird begutachtet, verhätschelt und gestreichelt.

»Was meinst du, wie reagieren die Katzen? Du, riecht der Welpe oder du so streng, so abartig?«, unterbricht mein Partner die Stille.

›Na, warte, irgendwann zahle ich dir deine flotten Sprüche heim. Es wird mit Bestimmtheit eine Gelegenheit geben‹, denke ich mir …

»Minouche wird mitnichten begeistert sein. Die anderen? Ich denke, die freuen sich auf eine neue Spielgefährtin«, versuche ich, mir selbst alles schön zu reden.

Bis mein Partner ein Machtwort spricht. Um 23.30 Uhr können wir die Heimreise antreten. Der Konvoi startet.

Zu Hause angekommen ist alles anders. Keine der Katzen lässt sich blicken. Die Kleine muss zuerst in den Garten, nicht dass ein ›Unglück‹ im Haus passiert ... Nach einer halben Stunde hat sie doch tatsächlich einen passenden Ort gefunden, um etwas Wasser zu lassen.

»Die paar Tröpfchen«, lache ich, »sind nicht der Rede wert.« Ob es vor Freude über die neue Umgebung oder aus Angst vor dem Neuen ist, müssen wir erst herausfinden.

Sie folgt uns auf Schritt und Tritt. Wir betreten das Haus und lassen den Welpen erst einmal auf Entdeckungsreise gehen. Die Katzen? Wie von Zauberhand verschwunden. Aus dem Staub gemacht haben sich die Samtpfoten. Aus ihren verschiedensten Verstecken beobachten sie, was hier für ein neues Ungeheuer das Wohnzimmer betritt. So viel zu den mutigen, vorwitzigen und neugierigen Katzen. Ich sehe Minouche, wie er zusammengerollt, sich winzig klein macht auf der Wohnlandschaft. Von dort oben lugt er über den Rand der Bordüre auf den Welpen hinunter. Das Fräulein hockt auf der obersten Etage vom Katzenbaum, gut getarnt, damit man sie nicht gleich entdeckt. Und Tiger? Tiger ist nicht zu sehen. ›Feiglinge‹, denke ich mir. Fräulein, wie der Name schon verrät, ekelt sich. Sie ist und bleibt uns ein Rätsel.

Wir lassen den Welpen und die Katzen. Die Vierbeiner müssen die Rangordnung unter sich austragen.

Nichts wie hinauf ins Obergeschoss. In aller Ruhe duschen wir. Vor allem ich, habe eine ausgiebige Dusche dringend nötig.

Mein Partner hüpft nach mir unter das wohltuende Nass. Wäscht sich die diversen Küchenaromen vom Körper.

Gemeinsam betreten wir das Wohnzimmer, dass im Erdgeschoss liegt. Der Welpe ist immer noch damit beschäftigt, schnuppernd den gesamten Raum gründlich zu untersuchen.

Den verdienten Feierabend verbringen wir auf dem Sofa, mit einer Kleinigkeit zu naschen. Denn die Mahlzeiten im Restaurant fallen für uns unter enormen Zeitdruck aus. Da vergeht uns der Appetit. Haben es uns zur Gewohnheit gemacht, zu Hause in aller Ruhe das Abendbrot zu genießen.

Essen? Mit dem Neuzugang? Den Katzen? Gemütlich ist etwas anderes. Bedächtig getraut sich eine um die andere Katze aus deren Versteck. Die kleine Hündin ist mit Katzen aufgewachsen. Von ihr aus gesehen sind die Stubentiger kein Problem ...

Die Samtpfötchen währenddessen sehen das Ganze etwas anders. Mein Partner kann keine Minute auf dem Sofa sitzen bleiben. Minouche setzt zum Sprung an. Mein Lebenspartner stellt sich ihm in den Weg, was zur Folge hat, dass Minouche bei ihm auf der Schulter landet und ganz gemächlich abrutscht.

Fräulein verhält sich eher sanft und neugierig auf die Neue. Möchte am Pelz des Welpen schnuppern, was die Hündin als Aufforderung zum Spiel auffasst ...

Die Teller können wir in Rettung bringen. Die Gläser nicht. Gegen halb eins nachts herrscht ein Chaos im Wohnzimmer sondergleichen. So viel zum gemütlichen Feierabend ...

Nach dreissig Minuten ist der Spuk vorüber. Alle Haustiere sind K.O., wir auch. Das Hündchen legt sich nahe zu unseren Füssen hin und schläft unmittelbar ein. Die Katzen verduften, als ob sie wüssten, dass sie die Schuldigen sind, über die Unordnung im Wohnzimmer.

Jetzt erst, als der Welpe schläft, beobachtet mein Freund den Hund genauer.

»Was ist das für ein bemerkenswert, schöner Welpe. Sie wird, wenn sie ausgewachsen ist, eine bezaubernde ›Hundedame‹. Ich nenne sie Bonita. Dieser Name passt zu ihr, wie die Faust auf das Auge«, bestimmt mein Freund.

›Hallo, ich bin auch noch da.‹

Die darauffolgenden Nächte und Tage verlaufen fast problemlos. Kleinere Hinterlassenschaften in diversen Zimmern, deuten auf einen Welpen hin.

»Was meinst du Schatz, fühlt sich die Kleine nicht einsam, so ohne ihre Geschwister? Sollen wir ihr nicht eine Kameradin zur Seite stellen?«

»Ja, wenn es weiter nichts ist«, entgegne ich etwas sarkastisch.

Leicht dahin gesagt, wir arbeiten beide schon sechzehn Stunden. Wohnen in einem geräumigen Haus mit Garten. Eine Fläche, die Pflege benötigt und sehr viel Zeit beansprucht.

›Ich habe doch sonst keine Aufgaben. Nichts zu tun. Männer‹, denke ich mir.

Langeweile kenne ich bereits jetzt nicht mehr. Könnte mich oft vor so viel Arbeit am liebsten Klonen. Erledige die Restaurant- und Privatwäsche, Buchhaltung, Löhne und das Kassenbuch. Bespreche die Probleme mit dem Personal. Schreibe die täglich wechselnde Speisekarte. Die Internetseite muss auch täglich auf den neusten Stand gebracht werden. Halte Haus und Garten sauber. Der Sohn jammert auch schon, dass ich kaum Zeit für ihn aufbringen kann. Die Katzen bedürfen meiner Aufmerksamkeit und Pflege.

»Ein Vierbeiner mehr, den ich erziehen muss? Mit zwei Hunden Gassi gehen? Hundeschule besuchen?

Tierarzt aufsuchen? Wie stellst du dir das alles vor, mein lieber Schatz?«

Mein Partner lässt nicht locker. Immer wieder findet er neue Argumente, um mich zu überzeugen. »Bis die Hunde einigermaßen erzogen sind, bleibst du Daheim. In der Saison dürfen die beiden mit und bewachen das Büro.« Lange Zeit kann ich ›Nein‹ sagen.

Schließlich gebe ich auf. Er lässt sich nicht davon abbringen und meint, dass zwei Hunde problemloser zu handhaben seien. Ein Hund kommt selten allein. Bei uns wird das wohl immer so bleiben.

Ein Welpe kommt selten allein

Noch so ein kleines Monster?
Ich sehe es vor meinem geistigen Auge, alles angeknabbert, Tisch, Stühle und Bett. Arbeit in Haus, Garten, Restaurant und einen zweiten Welpen?
An den kalten Tagen im Herbst, wenn es langsam Winter wird, schließen wir das Restaurant.
Dann heißt es erst einmal alles, was man einfrieren kann, nach Hause bringen. In unserem Haus haben wir einen Raum, der dazu dient, alle diese Dinge bis zum Frühling zu horten. Sei es die Registrierkassen oder Konserven. Fleisch- und Wurstwaren sind alle aufgebraucht. Brot und Gebäck, Artikel, die man unbedingt, bevor das Datum abläuft, verarbeiten muss, geht an die Obdachlosen. Alles andere, wie Bier und Limonaden, geht an die Lieferanten zurück.
Diese Reinigungs- und Aufräumaktion dauert Tage, wir mobilisieren unsere letzten Kräfte. Sind ausgelaugt. Endlich Pause, nach sieben Tagen in der Woche und sieben Monaten Dauerstress. Nach Wochen der Ruhe zu Hause, unternimmt mein Partner mit uns, Welpe Bonita und mir, einen Ausflug.
Die Fahrt führt in die Berge vom Berner Oberland, die Gegend ist sehr schön. Kühe weiden wahrscheinlich die letzten Tage für dieses Jahr auf den Wiesen. Die Klänge der Kuhglocken hört man durch das

gesamte Tal. Prächtige Bauernhäuser und Gehöfte zeigen ihre ganze Pracht. Blumen und die Gemüsebeete zieren deren Vorgärten. Die putzigen kleinen Fenster, umrahmt von Kletterpflanzen oder Geranien, die versuchen, die letzten Sonnenstrahlen zu erhaschen.

Berg und Talfahrt inklusive. Die Straße ist manchmal steil, dann wieder muss mein Partner den Wagen durch enge Kurven lenken. Kommt uns ein Fahrzeug entgegen, sollte einer der beiden am Straßenrand stoppen, denn aneinander vorbeifahren ist schlicht unmöglich. Mein Partner fährt auf den Vorplatz von einem Bauernhof. Schaut mich verschmitzt an.

»Wir sind am Ziel, alles aussteigen bitte«, schon wird Bonita an die Leine genommen.

Ja klar, ich sehe die Bande schon aus dieser Entfernung. Alles junge, blonde Hunde. Golden-Retriever-Welpen. ›Ich will keine Piggy mehr‹, kreisen meine Gedanken.

So eine Hündin, wie sie es war, gibt es nicht mehr. Ich möchte Piggy nicht ersetzen.

Wehmütig denke ich an die Zeit zurück, als wir damals auf einem Bauernhof ankamen. Piggy, meinem Sohn und mir sofort das Herz pochen ließ. Wir es kaum erwarten konnten, die Kleine mitzunehmen ...

Mein Partner stupst mich an. »Hallo, hier wird nicht Trübsal geblasen. Schieb deine Traurigkeit beiseite. Schau dich um und freue dich.«

Insgeheim weiß ich, dass er Recht hat. Bonita lenkt mich ab, denn sie zieht und zerrt an ihrer Leine, als sie die anderen Vierbeiner erblickt. »Guten Tag, schön, dass es so rasch geklappt hat«, gibt die Bauersfrau meinem Partner die Hand. ›Die Bäuerin erwartet uns, komisch‹, denke ich mir.

Kennen die zwei sich? Was verheimlicht er mir? Hat mein Freund heimlich? Ja, hat er. Und wie er hat. Ich wäre sonst mit Sicherheit nicht mitgefahren, auf diesen ›Ausflug‹ in die Berge.

»Kommen Sie, die Kleinen sind im Auslauf auf der Weide mit der Hundemutter«, begrüßt sie nun auch mich. Tätschelt und liebkost unsere Bonita. »Was für eine Hübsche bist du denn?«

Sie wird mir immer sympathischer, sie spricht wie ich mit den Tieren. Auf der Weide, die nur mit einem Maschendrahtzaun gesichert ist, spielen die Vierbeiner. Spielen ist maßlos übertrieben. Sie purzeln, stürzen, stolpern und raufen sich spielerisch.

»Folgen Sie mir, wir besuchen die Rasselbande«, lacht die Bäuerin.

»Bonita? Erlauben Sie, dass unser Welpe mitkommt?«, frage ich bittend.

»Auf alle Fälle muss Ihr Welpe mit. Welpen verstehen sich normalweise alle untereinander. Welpenschutz. Er muss doch ausprobieren, welcher Welpe zu ihm passt«, lacht sie uns an.

Bonita wird zur Wiese getragen von meinem Partner. Manchmal verwöhnt er mir die Vierbeiner viel zu viel.

›Wenn er sich bei mir auch so verhalten würde? Wie schön wäre es doch, mal über eine blühende Wiese getragen zu werden ... Auf seinen starken Armen an einem wundervollen Ort hingetragen ... ach lassen wir das Thema‹, schwirren meine Gedanken. ›Männer, eben.‹

Sofort kommt einer der Golden-Welpen herbeigekullert. Wie sich die beiden auf Anhieb mögen. Die zwei plumpsen, hechten, springen in die Luft, greifen einander an.

»›Kämpfen‹ miteinander wie die Großen, als seien sie Wölfe«, grinst mein Partner.

Geraume Zeit verbringen wir gemeinsam auf der Wiese. Es ist zu drollig, den Junghunden zuzuschauen.

»Das blonde Ding«, frage ich die Bäuerin, »ist das ein Weibchen oder ein Rüde?«

»Das ist ein Mädel von sechzehn Wochen. Geimpft, sie hat bereits einen Chip, ist entwurmt, keine

Papiere. Wenn es dieser Welpe sein sollte, dürfen Sie den Welpen noch heute mitnehmen«, erklärt sie uns.

Schon wie mein Partner mich anschaut, wie er mich mit seinem Blick überzeugen möchte. Soll mir noch einmal jemals einer sagen, dass nur Frauen die Männer mit ihren Blicken betören können ...

»Die beiden verstehen sich außergewöhnlich gut. Kommen Sie, wir gehen gemeinsam mit den zwei Hunden in meine Küche und beobachten, wie sie sich dort verhalten«, bittet uns die Landwirtin.

Mein Partner nimmt Bonita an die Leine, daraufhin folgen wir der Frau. Die Bauersfrau trägt die Blondine auf ihren Armen in die Wohnküche.

Ein Eingang vom Vorplatz führt uns direkt in die wohnliche, geräumige Küche. Wie es in vielen Bauernhäusern üblich ist, hat es einen Holzofen, keinen elektrischen Kochherd. Auf dem Herd steht eine Gusseisenkanne mit duftendem Kaffee. Mit von der Bauersfrau selbst gebackenen Plätzchen und Kaffee werden wir bewirtet. Beobachten die Blondine, wie ich das Golden-Mädchen bereits nenne und unsere Bonita.

›Ich möchte keinen zweiten Hund, nein. Ich lass das einfach nicht zu‹, denke ich mir. Doch da habe ich die Rechnung ohne meinen Freund und die Blondine gemacht. Denn ...

»Sind die zwei nicht herrlich anzusehen? Schau nur, wie die miteinander herumtollen. Die sind für einander geschaffen.« Mein Partner versucht, mich mit jeglichen Tricks zu überzeugen.

Die Kleine, die Blondine, tut es meinem Partner gleich. Nein, sie spricht nicht. Doch sie schleicht sich ganz gemächlich in mein Herz.

Mein Kopfkino. Ich sehe den Film direkt vor meinem geistigen Auge: Macht die das mit den Waffen einer Frau? Übt sie bereits, wie sie, wenn sie ausgewachsen ist, den Rüden den Kopf verdrehen kann? Bin in meine Gedanken vertieft, mein Kopfkino funktioniert tadellos. Wie war es doch vor Jahren? Piggy und ihr 68er? Soll ich mir das alles noch einmal antun? Ich werde von meinem Partner aus meinen Gedanken gerissen.

»Die Blondine, die hat es faustdick hinter ihren Schlappohren«, schnaube ich meinen Freund an.

»Schatz, der Vertrag ist unterschrieben. Die Hündin gekauft. Wir können heimfahren.« Breit grinst er mich an.

Was um Himmelswillen habe ich verschlafen? Er zeigt mir die Papiere, hebt die Blonde vom kalten Fliesenboden hoch und streckt mir das ›Mädel‹ unter die Nase.

Die Rückreise treten wir zu viert an. Irgendwie wiederholt sich eine solche Autofahrt bei mir ...

Zu Hause lassen wir die beiden erst einmal alles erkunden. Wir setzen uns auf die Gartenbank und schauen dem Treiben zu. Insgeheim bin ich immer noch sauer. Grantig, dass er ohne meine Zustimmung den Welpen gekauft hat. Je länger ich den beiden zugucke, umso schneller verschwindet meine Wut. Öfters als gewollt, muss ich lachen.

Zu drollig, die beiden. Die Katzen, vom Radau im Garten angezogen, gesellen sich dazu. Mit respektvollem Abstand. Doch ich weiß genau, was kommt. In Kürze toben die wild gewordenen Tiere durch Haus und Garten. Na und? Was spielt das für eine Rolle? Einer oder zwei? Hauptsache, Hund ist glücklich und gesund.

Nach gemeinsamer Absprache wird die Blondine auf den Namen Joya getauft.

Die Ähnlichkeit mit meiner geliebten Piggy ist frappant. In vielen Sachen ähneln sie sich sehr. Ist es eine Wiedergeburt? Oder liegt es an der Rasse? Ich finde alle Hunde und Katzen einfach klasse.

Die beiden jungen Mädels verstehen sich immer besser. Die Rangordnung wird hergestellt. Komischerweise ist zu Hause Joya der Big-Boss. Unterwegs im Wald und auf den Weiden ist es Bonita. Warum auch immer das so ist, wir lassen sie gewähren.

Ein Spaziergang mit zwei Welpen

Es wird Zeit, dass man den zwei Welpen Manieren beibringt.

Wie unkompliziert es doch war, mit Piggy allein auf weiter Flur zu spazieren ...

Mit zwei jungen Hunden, die ich jetzt alleine ausführen darf, sieht das Ganze etwas anders aus. Wie leicht beeinflussbar die beiden sind, zeigt sich beim ersten Spaziergang.

Da bewegt sich etwas im hohen Gras, mitten auf der Weide. Die beiden Hunde? Wenn die eine wegrennt, spurtet die andere hinterher. Ich stehe da, wie ein übergossener Pudel und schreie mir die Lunge aus dem Hals.

Anscheinend verstehen die mich nicht. Es kann auch sehr gut sein, dass sie mich nicht hören möchten, wenn es etwas noch nie da Gewesenes zu erblicken, jagen und erkunden gibt. Da kann Frauchen doch rufen und schreien wie sie will, das geht uns Vierbeiner nichts an ... Glaube ich, aus dem hohen Gras zu hören.

So kann das mit den Zweien nicht weiter gehen. Gehorsam muss sein. Beide an ihren Leinen zu führen ist, als würde ich dauernd über Seile springen müssen. Die wickeln mich buchstäblich mit ihrem Gehüpfe ein. Verknoten sich, was zur Folge hat, dass ich mal wieder auf meinem Hintern lande. Den beiden Hunden gefällt das. Sofort werde ich gewaschen und es wird auf mir herumgetrampelt.

Ich muss dringend Bonita und Joya beibringen, an der Leine zu laufen. Zu laufen, das heißt nicht zerren, hüpfen oder mir dauernd zwischen den Beinen hindurch zu hechten. An mir hochzuspringen, freudig wedelnd um jeder Zeit das Weite suchen zu können.

Gefrustet zu Hause angekommen, setze ich das Training in die Tat um. Dass es mit meiner momentanen Stimmung nicht funktionieren kann, den Vierbeinern Umgangsformen beizubringen, erfahre ich erst später.

So beginne ich mit den unkompliziertesten Übungen im eigenen Garten. Ich stufe das Training als kinderleicht ein. Die Vierbeiner hingegen erschweren alle meine Bemühungen. Was ich ihnen bei meiner schlechten Laune nicht übel nehmen sollte ...

Das Golden-Mädchen erhält ein zum Fell passendes grünes Halsband mit dazugehörender Leine. Das Berner-Sennen-Mädel darf ein rotes Halsband mit Leine um ihren Hals tragen.

Die erste Übung startet.

Beide Vierbeiner sind angeleint. In der rechten Hand halte ich die Leine von Bonita, in der anderen die von Joya. Los gehts ...

Wer jetzt denkt, dass die Hunde sich nach meiner Methode führen lassen, der hat sich gewaltig getäuscht.

Wenn Bonita in die eine Richtung läuft, zerrt Joya in eine andere. Ich stehe mitten im Garten. Mit weit gespreizten Armen, als würde ich auf einer Folterbank, die man aufgestellt hat, liegen. ›Eine Streckbank von Hunden bedient‹, geht es mir durch den Kopf.

Ich mache mich zum Gespött der Anwohner, wenn die mich im eigenen Garten stehen sehen, als sei ich eine Vogelscheuche ...

So wird das nicht funktionieren. Bonita, die Gewichtigere nehme ich mir als erste zur Brust. Joya fixiere ich derweil am Zaun. Womöglich lernt sie vom Zuschauen, wie man sich an der Leine verhält? Die Vorführung beginnt.

»Bonita, hör mir genau zu. Fuß heißt, Fußlaufen, genau neben meinem Bein. Es wird nicht gezerrt, du bleibst nicht stehen, bevor ich nicht den Befehl ›Stopp‹ gegeben habe«, rede ich auf den Vierbeiner ein. Nehme die Leine mit kräftigem Griff zur Hand und beginne Schritt um Schritt mit ihr durch den Rasen zu laufen. Entweder zerrt sie, dass ich fast hinstürze oder sie bleibt abrupt stehen. Nichts von schön brav fußlaufen ...

Okay, wenn du meinst. Rasch renne ich ins Haus und kehre mit einer Fünf- Meter langen Schleppleine zurück.

Gleiches Spiel, neues Glück. Bonita spürt, dass sie mehr Freiheit hat. Sofort wird die Freiheit ausgenutzt. Doch da mache ich ihr einen Strich durch ihre Rechnung. Ich trete mit meinem gesamten Gewicht auf die Leine. Unmittelbar bleibt Bonita stehen. Es bleibt ihr nichts anderes übrig. Jetzt setzt sie sich hin und bewegt sich keinen Zentimeter mehr.

»Komm Bonita, komm. Einen Schritt zu mir, komm schon«, alles Zureden hilft nichts.

›Typisch‹, denke ich mir, ›Berner-Sennen-Dickkopf.‹ Stur sind wir Berner, dazu stehe ich. Trifft die Sturheit auch auf einen Vierbeiner zu? Okay, dann wird eben der Spieler ausgewechselt. Mal schauen, was Joya vom Zusehen gelernt hat. Träumen darf ich doch noch ...

»Joya jetzt musst du deine Chance packen und zeigen, was für ein intelligentes Mädchen du bist«, quassle ich auf sie ein, als ich sie vom Zaun losbinde. Schleppleine anbringen und marsch ...

›Das kann doch nicht so schwer sein‹, denke ich mir. Golden Retriever Welpen sind intelligent. Jedoch habe ich die Rechnung ohne eine Joya gemacht. Auch sie wird an die Schleppleine angebunden. Sie benimmt sich an der Leine, wie ein junger Ziegenbock. Sie hüpft und zappelt und kann es kaum erwarten, dass es losgeht.

»Joya fußlaufen«, erteile ich wiederholt das Kommando. Okay, ich weiß jetzt nicht, was sie darunter verstanden hat.

Wie simpel war die ganze Erziehung mit Piggy?

»Ihr versteht gar nichts. Entweder wollt ihr nicht verstehen oder ihr wollt meine Nerven prüfen«, jammere ich vor mich hin.

Minouche stolziert gemächlich durch den Garten. Vorbei ist die Erziehungsstunde. Die zwei Vierbeiner haben nur noch Augen für ihn. »Ich lass mich hier von euch doch nicht vor versammelter Gesellschaft zum Affen machen. Ihr werdet schon sehen, was noch alles auf euch zukommt«, murre ich und lass die beiden von der Leine.

›Für heute habt ihr gesiegt, doch ich werde mir zu helfen wissen.‹

Klar, wie ein Blitz kommt mir die Idee: Rosmarie's Hundeschule ...

Ich zücke mein Handy aus der Hosentasche. Drücke die Nummer von Rosmarie und lausche dem Freiton.

Sie meldet sich nach für mich unendlichen Sekunden. »Hallo Ellen, lange nichts mehr von dir gehört. Wie geht es dir?«

»Hallo Rosi, mir geht es soweit gut. Wollte dich etwas fragen. Hast du kurz Zeit?«

»Ja klar, für dich immer, was ist los? Wo drückt der Schuh?«

»Ha, ha, ha, der Schuh ist gut. Du weißt es noch nicht. Wir haben zwei Welpen. Eine Berner-Sennen-Dame und eine Golden-Lady. Der Berner ist nur zwei Wochen älter als die Golden-Dame. Kannst du dir vorstellen, was hier zur Zeit abgeht? Zwei gleichaltrige, beide im Charakter unterschiedliche Welpen eben. Hast du noch Plätze frei in einem Hunde-Welpen-Kurs?«

»Hast du ein Glück. Der nächste Kurs, Welpenspielgruppe, beginnt am kommenden Montag. Wenn du willst, trage ich dich sofort ein. Du kommst mit beiden Welpen. Ich muss dir aber beide verrechnen, Okay?«

»Kein Problem, Hauptsache die Welpen lernen etwas. Für mich wird das zu viel. Mit Piggy damals war es kinderleicht«, antworte ich erleichtert, dass mir nun geholfen wird.

»Einen Hund zu erziehen oder ein Doppelpack, das ist schon ein Unterschied. So sehen wir uns Montag neun Uhr auf dem Übungsplatz in Laupen. Ich freue mich auf euch. Es werden insgesamt elf Welpen mit Frauchen oder Herrchen anwesend sein. Wird lustig, freu dich darauf«, verabschiedet sich Rosi.

Erleichtert, dass mir bei der Erziehung geholfen wird, steigt auch meine Laune.

Die Beiden können doch nichts dafür, wenn ich mit ihnen nicht fertig werde. Auf irgendeine Weise wurmt es mich schon, dass ich versagt habe ...

Der Montag kann kommen.

Die Welpenschule mal zwei

Montagmorgen, ich gebe es zu, ich bin zerstreut. Total nervös und vor allem habe ich Bammel vor dem Ungewissen. Auf einmal wird mir bewusst, was mich erwartet, mit den zwei Welpen in der Hundeschule. Werde dort nicht die Einzige sein. Wie verstehen sich meine Hundebabys mit den anderen? Was für Personen treffe ich dort an?

Die Zeit reicht noch, um mir die dritte Tasse Kaffee zu Gemüte zu führen. Meine Nervosität steigt weiter.

Wie einfach doch Katzen zu halten sind. Die sind alle selbstständig. Benötigen keine Katzenschule …

Im Vorfeld ließ ich von einem Bekannten eine Hundebox in meinen Jeep einbauen. Eine Doppelbox. Beide Hunde können sich entweder gemeinsam oder getrennt in die Hundebox setzen. Mir bleibt jedoch die Möglichkeit, mit einer Trennwand aus einem Abteil die Box in zwei Teile abzutrennen. Die Autotransportbox hat je Abteil eine sicher abschließbare, stabile Tür.

Dass ich bereits Tage zuvor die Vierbeiner an diese Box gewöhnen musste, versteht sich von selbst. Wer setzt sich schon gerne freiwillig in einen Käfig?

Versuch eins. Mein Auto steht vor der Garage auf dem Parkplatz.

Im Garten warten Bonita und Joya und harren der Dinge die da kommen ...

Trete an die Vierbeiner heran. Versuche so ruhig, wie es mir nur möglich ist, nach drei Tassen Muntermacher, die Hunde an die Leine zu nehmen. Gemeinsam stehen wir nun vor der Heckklappe von meinem Fahrzeug. Die Enden der Hundeleinen in der einen Hand, versuche ich mit der freien Hand, die Heckklappe zu öffnen.

Geschafft - ich auch.

Wie bringe ich die Welpen dazu, dass die da hinauf hechten und in eines der Abteile springen?

Mit beiden zusammen ein Ding der Unmöglichkeit, zumindest für mich.

Die Eine muss wieder dran glauben und am Gartenzaun ausharren.

Was sie auch tut unter einem Gewinsel, dass die ganze Nachbarschaft an den Fenstern klebt. Das auch noch. Ich werde hinter Gardinen beobachtet, was mir die Arbeit sehr erleichtert ...

Beginne mit Bonita. »Komm Bonita hopp, hopp«, spreche ich auf sie ein, begleitet durch stetiges Klopfen auf das Innere der Box.

Bonita macht keinen Wank. Ich versuche, sie hochzuheben. Habe ihr Gewicht und ihre Zappelei unterschätzt.

»Wie kann man sich nur so anstellen, Hund. Es tut dir nicht weh. Ich tue dir doch nichts. Du sollst nur da rein in die Box«, rede und rede ich auf den Welpen ein. Je mehr ich auf sie einwirke, desto sturer verhält sie sich. Kein Leckerli hilft. Kein Säuseln und kein Streicheln. Bonita hat für sich entschieden. Sie will nicht. Punkt.

Sie legt ihren Rückwärtsgang ein. Ich kann sie nicht mehr festhalten. Sie setzt sich zur Joya und glotzt mich mit ihren dunklen Kulleraugen an.

»Mit mir geht man nicht so um, Frauchen! Ich lass mich zu nichts zwingen«, scheint sie zu sagen.

Neuer Versuch. »Joya, komm, du kannst das besser. Du bist die Intelligentere. Zeig der Bonita, wie einfach das alles ist«, schmeichle ich ihr ins Ohr. Dasselbe Spiel beginnt. Auch Joya weigert sich, in den Käfig zu springen.

Okay, dann muss ich die Taktik ändern. Zurre beide am Gartenzaun fest. Springe ins Haus und kehre mit einer Handvoll Wienerwürstchen zurück. Ich kenne doch die Bande. Riechen die erst einmal die Wurst, werden sie alles tun, nur um einen Happen zu erhaschen.

»Joya, komm.« Ich binde sie los vom Zaun. In der einen Hand die Wurst, in der anderen Joyas Leinenende. Dieses Mal drehe ich den Spieß um.

Ich klettere in den Käfig, das Leinenende fest in der Hand. Setze mich so bequem wie möglich hin. Nun beginne ich genüsslich zu schmatzen. »Mmmh, ist die fein, mmmh so lecker, so fein«, schmatze ich. Aus den Augenwinkeln erkenne ich, wie den Hunden der Sabber links und rechts von ihren Schnauzen tropft. Ich lass mir Zeit, viel Zeit.

Es dauert nicht lange, da hechtet Joya zu mir in den Käfig. Bin ich froh, dass die Trennwand noch nicht montiert ist. Es würde viel zu eng. Doch so, mit dem Wienerwürstchen-Trick, habe ich es geschafft.

Ich verlasse die Box, Joya folgt mir.

»Joya, hopp«, ich klatsche zugleich auf den Boden der Box und lege ihr dort ein Stückchen Wurst hin. Es klappt. Sie springt drei, vier Mal hinein und wieder hinaus. Okay, jetzt hat sie es kapiert.

Nur ein Gedanke beschäftigt mich. »Muss ich nun immer Würstchen in meinen Hosentaschen mitführen?«

Nun muss Bonita das auch kapieren. Wieder setze ich mich mit der Wiener-Wurst in den Käfig. Wieder schmatze ich, so laut es mir möglich ist. Genüsslich kaue ich an der Wurst herum. Bonita, verfressen ist sie ja, aber hat sie auch den Mut zu mir in den Käfig zu springen?

Ja, sie schafft es tatsächlich. Bis Bonita das Ganze freiwillig macht, verkostet sie drei Paar Wiener-

Würste. Die sie gnädigerweise mit mir geteilt hat. Egal, Hauptsache, sie hüpfen freiwillig in die Box.

Nun muss ich die Türchen schließen. Verköstige weiter, als sei ich im Zirkus und füttere die Löwen, so komme ich mir vor. Vor allem, als es dann aus Nachbars Fenstern Applaus regnet.

An die Gaffer dachte ich nicht mehr. Wie peinlich, dass die mich die Stunde hindurch beobachtet haben. Muss wohl spannender als jeder TV-Krimi gewesen sein.

»Guckt doch, was die mit ihren Welpen alles anstellt.« Kann ich mir das Gerede sehr gut vorstellen. So ist das Leben auf dem Land. Wenn mal etwas geschieht, was nicht der Tagesnorm entspricht ...

Die Zeit drängt, die Welpen-Erziehungs-Stunde beginnt in zwanzig Minuten. Alles einsteigen. Hunde in die Box verfrachten. Bauchtasche mit Handy, Hausschlüssel, Hundeleckerlis, Kotsäckchen und anderem Zeugs umschnallen. Los geht die Fahrt ins nächste Dorf - Laupen. Überpünktlich kommen wir an.

Rosmarie ist bereits vor Ort. Es trudeln immer mehr Welpenbesitzer ein.

»Kommt, folgt mir bitte alle auf den Übungsplatz. Dort werde ich genau nach Liste abfragen, wer hier ist. Danach komme ich bei jedem Einzelnen vorbei, um die Kursgebühren einzukassieren. Das Bekanntmachen könnt Ihr untereinander besser«, endet Rosmarie.

Ich schaue mich um und muss wieder einmal feststellen, dass viele Hunde ihren Herrchen oder Frauchen sehr ähneln.

Da ist Frau Meyer mit ihrem West Highland White Terrier-Mädchen mit dem Namen Susi von und zu. Unschwer zu erkennen an der Frisur von Frau Meyer, dass die zwei zusammen gehören.

Herr Grossenbacher mit seinem Boxerrüden namens Astor. Die Ähnlichkeit zu seinem Hund kann er nicht abstreiten. Das Gesicht vom Herrchen, die Form vom Kopf, eindeutig ein Boxer-Besitzer.

Frau Röthlisberger mit Ihrem Dalmatiner-Mädchen namens Luzie. Hier sieht man es ganz klar an der Figur und der Kleidung von der Halterin. Sie liebt Tupfen.

Frau Buchs mit Ihrem Rottweiler-Rüden namens Hektor.

Ich kann nicht sagen, dass Frau Buchs Schlappohren hat, doch wenn ich ihren Mund genauer betrachte, erkenne ich, dass ihre Mundwinkel leicht hängen. Frau Müller mit ihrem Pudel-Mädchen namens Kessy. Bei der Pudel-Halterin ist es sonnenklar. Die Frisur, die vor vielen Jahren noch als modern galt; heute trägt man keine hoch toupierten

Haare mehr. Frau Bütikofer mit ihrem Schäferhund-Rüden namens Rambo. Bei ihr denke ich, dass es der Welpe ihres Gatten sein muss.

Frau Gerber mit ihrem Beagle-Mädchen namens Betty. Unschwer zu erkennen, dass die beiden zusammengehören. Warum? Die Erklärung lass ich besser.

Ich mit meinen beiden. Nun können Sie sich, liebe Leser, genau vorstellen, wie ich aussehe.

Rosmarie hat ihren Hund, einen belgischen Schäferhund, dabei. Mit ihm macht sie jede Übung vor, wenn es soweit ist.

»Ihr dürft eure Vierbeiner jetzt alle von der Leine lassen, damit die sich erst einmal austoben können. Nicht einschreiten, wenn es eine Rauferei gibt, das gehört dazu. Die Rangordnung stellen die Welpen selbst unter sich her. Wir sind nur Zuschauer. Verstanden?«, erklärt Rosmarie.

Die meisten der Anwesenden gehorchen und lassen die Welpen frei. Nur die eine Dame, Frau Müller möchte nicht so recht. Sie marschiert in Richtung von Rosmarie mit ihrem Pudel im Schlepptau.

»Soll ich meinen Zuchtpudel wirklich hier mit den anderen Hunden herumtoben lassen? Kessy wird doch ganz schmutzig. Was, wenn der Rottweiler von Frau Buchs meinen Pudel angreift?«, jammert sie pikiert.

›Das fängst ja gut an‹, denke ich mir. In meinem Kopfkino sehe ich die furchtbarsten Szenen. Am gekrausten Fell des bis gerade eben noch flauschigen Pudel-Welpen haften dicke Erdbrocken. Der Rottweiler spielt seinen Machtkampf, drückt das Pudel-Mädchen immerfort in das feuchte Erdreich und die Pfützen ...

Durch das Gebell von Bonita werde ich aus meinem Tagtraum geweckt. Bonita und Joya tollen mit den anderen Welpen herum, als würden die sich schon seit der Geburt kennen. Spaß hat die Bande bis auf eine Ausnahme, das Pudel-Mädchen.

Die Kessy, man erkennt es an ihrem Blick, ist traurig, dass sie nicht mit den anderen mithalten darf.

»Genug ausgepowert, Hunde an die Leine. Jeder stellt sich auf seinen vergebenen Platz. Ellen, du musst dich entscheiden, mit welchem deiner Welpen du beginnen möchtest. Einen musst du dort hinten an den Baum anbinden. Mit zwei Hunden kannst du die Übungen unmöglich ausführen. Zwischendurch kannst du die Welpen austauschen. Habt Ihr alles verstanden?«, endet Rosmarie.

Bis jeder Hundehalter seinen Welpen angeleint, seinen Platz aufgesucht hat, vergeht geraume Zeit. Der West-Highlander, kurz Westi, von Frau Meyer ist ein richtiges Schlitzohr. Susi, wie der Welpe gerufen wird, genießt die Freiheit. Frauchen spurtet und ruft laut. »Susi, kommst du zu mir. Susi, du gehorchst doch sonst so gut. Wirst du wohl zu Frauchen kommen? Susiiii.« Wir anderen Kursteilnehmer stehen am Rand der Übungswiese und beobachten die Schnitzeljagd. Schmunzeln müssen wir, wie Frau Meyer mit ihrem etwas ungeeigneten Schuhwerk über den feuchten Rasen rennt. Der Welpe wie ein Hase im Zickzack Haken schlägt und Frauchen ihren Welpen nicht zu fassen bekommt.

Das Frauchen vom Pudelmädchen entrüstet ihren eigenen Senf zum Schauspiel kundtut. »Ach, Gottchen, hat die Gute ihren Hund denn gar nicht unter Kontrolle? So etwas würde mir, mit meiner Kessy, nie passieren.«

Das kann ja heiter werden, die erste Trainingsstunde mit den unterschiedlichsten Welpen und deren Besitzer.

Ich hocke mich erst einmal auf den Rasen und harre der Dinge, die da noch kommen werden.

Rosmarie kann der Jagd nach dem Westi nicht weiter zusehen. Mit einem geübten Sprung, einem festen Griff, fasst sie nach dem Westi, der leise winselt. Entsetzen macht sich breit, bei gewissen Damen ...

Klar, der Welpe ist kurz erschrocken, geschehen ist ihm nichts. Es wird mit Sicherheit, nicht das letzte Mal sein, dass einer der Welpen heult, oder bellt ...

»Ihr baut euch links und rechts mit eurem Welpen an der Leine auf. Eine Reihe bildend. Lasst einen schmalen Durchgang frei. Der Abstand zum Gegenüber sollte ungefähr eine Armlänge sein. Ich führe Euch jetzt mit meinem Hund vor, was Ihr danach der Reihe nach mit Eurem Welpen nachmachen müsst. Bleibt ganz ruhig. Spricht nicht unterunterbrochen auf das Tier ein. Ihr seid kein Radio. Ihr gebt das Kommando, dann führt Ihr euren Welpen. Alles verstanden? Jetzt schaut genau hin. Eure Welpen haben sich still zu verhalten. Kein Zerren an der Leine, kein schnüffeln an anderen Welpen. Still stehen oder sitzen«, beginnt Rosmarie die erste Übung.

Wir stellen uns wie besprochen auf. Rosmarie führt ihren Hund durch die Gasse zwischen uns Teilnehmern mit Welpen. Wie schwierig es ist, den eigenen Welpen nicht ablenken zu lassen, zeigt sich bereits beim Aufstellen.

Rosmarie läuft einige Male zwischen uns hindurch, bis unsere Welpen sich relativ ruhig verhalten.

»Der Nächste bitte«, Rosmarie zeigt auf Herrn Grossenbacher mit seinem Boxerwelpen.

Er beginnt, zuerst sieht das alles sehr einfach aus. Bis der Boxer Astor auf Kessy trifft. Der Boxer-Welpe möchte keinen Schritt weiter gehen. Stur bleibt er vor dem Pudel-Mädchen stehen, sabbert und glotzt mit großen Glupschaugen die Schöne Kessy an. Herr

Grossenbacher versucht, sein Bestes zu geben, doch wenn der Welpe nicht will?

Rosmarie muss wiederum einschreiten.

»Sie sind der Rudelführer, nicht ihr Boxer. Ihre Haltung, Sie müssen an Ihrer Haltung arbeiten. Kerzengerade stehen, Kommando geben und mit einem sanften Ruck an der Leine ziehen. Forsch weiter gehen, verstanden?« Schon zeigt sie, wie man den Boxer ablenkt.

Bis alle einige Durchgänge zwischen der Menge geschafft haben, ist mehr als eine Stunde vergangen. Auch ich muss mich beweisen. Zuerst mit Joya, die freudig, wedelnd jeden anderen Welpen begrüßt. Erst nach dem dritten Durchgang hat sie kapiert, dass sie das nicht darf. Mit Bonita ist es um einiges einfacher. Gemächlich zottelt sie neben mir her. Ihre Einstellung? Probier`s mal mit Ruhe und Gemütlichkeit ... Nein, sie singt nicht dazu, doch ihre Bewegungen stimmen schon mal ...

Froh ist sie, als sie sich wieder unter dem schattigen Baum hinlegen darf. Typisch, phlegmatisch so eine Berner-Sennen-Hündin.

»Für heute ist es genug. Es wird sonst zu viel für die Welpen. Die Vierbeiner dürfen noch etwas herumtollen, danach ab nach Hause. Wir sehen uns alle nächsten Montag, selbe Zeit und Ort wieder. Ich wünsche, dass Sie zu Hause üben, üben und üben«, verabschiedet sie uns.

Am darauffolgenden Tag mache ich mich auf den Weg mit den beiden. Im nahen Waldgebiet hat es einen Grillplatz, der kaum mehr genutzt wird. Ideal für uns als Übungsplatz. Ich muss mich wiederum entscheiden, wem ich den Vorrang gebe, um mit dem Abruf-Spiel zu beginnen. Entscheide mich spontan für Joya. Bonita muss derweil im Wagen ausharren. Da ich direkt neben dem Grillplatz das Auto abstellen kann, ist es möglich, die Heckklappe vom Jeep offenzulassen. So habe ich Bonita stets im Blickfeld und sie uns.

Joya wird an die Schleppleine genommen. Sie muss und das ist für mich schon die erste Herausforderung, an Ort und Stelle sitzen bleiben. Ich entferne mich rückwärts gehend einige Schritte. »Bleib, Joya, bleib«, versuche ich, den Welpen zu beeinflussen. Da ich gefasst und ruhig bleibe, klappt es. Sie bleibt. Nach fünf Tritten rufe ich ihr zu: »Komm zu mir, komm, Joya«, klopfe mir mit der einen Hand auf meinen Oberschenkel. In der anderen Hand zeige ich ihr das Leckerli. Ich staune nicht schlecht, es funktioniert. Nach der vierten Wiederholung hat sie keine Lust mehr und lässt sich von den Geräuschen in der Umgebung ablenken. Ab mit ihr ins Auto.

Bonita ist an der Reihe. Ja, wie gesagt, es ist eine Berner-Sennen-Hündin. Bewegung liebt sie, wenn sie selbst entscheiden kann, ob sie rennen, laufen oder spielen darf. Ich versuche die gleiche Übung. Nur bei Bonita muss ich das Leckerli direkt vor ihre Nase halten und dann gemächlich rückwärts gehen, damit sie mir folgt. Verfressen genug ist sie ja, doch auch sie lässt sich von den Geräuschen allzu sehr ablenken.

Nach dem fünften Versuch mit viel Lob und einer Tüte Leckerlis, hat auch sie es kapiert.

Zufrieden fahren wir nach Hause zurück. Der nächste Montag wird zeigen, was die anderen Welpen drauf haben ...

Die zweite Übungsstunde bei Rosmarie wird anspruchsvoller.

Wie gehabt dürfen die Welpen zuerst austoben. »Denn nur wer richtig ausgepowert ist, macht bei den Übungen besser mit«, erklärt uns Rosmarie.

Sie führt uns auf eine separat abgetrennte Wiese. Auf dem Rasen verteilt sind verschiedenste ›Bodenbeläge‹. Von Gully-Abdeckungen, Gitter die man oft an Straßenrändern sieht, zu Brettern, die eine Brücke darstellen soll, Lastwagenreifen, Wippen, Stangen bis hin zu Betonrohren, die als Tunnel dienen sollten.

Rosmarie zeigt uns den Parcours, den wir der Reihe nach mit unseren Welpen begehen müssen. Sie beginnt bei dem Gummireifen, dort muss der Welpe hineinhüpfen, sitzen. Erst wenn er sitzt, darf er danach den Reifen wieder verlassen. Dann geht es über den Gully-Deckel weiter zum Gitter. Ab über die Brücke, in der Mitte der Brücke angekommen, muss der Welpe sich hinlegen. Das alles klappt nur mit sehr viel Lob und Leckerlis. Danach über die Wippe, die der Vierbeiner mit bedächtigen Schritten begehen muss. Zwischen Stangen hindurch bis hin zum Tunnel, durch den der Vierbeiner gehen muss. Die gesamten Übungen hindurch begleitet Rosmarie jeden Einzelnen von uns. Sofort kann sie uns und unsere Haltung korrigieren. Mit einer Engelsgeduld bringt sie es fertig, dass jeder Hund den Parcours läuft. Die einen kapieren es schneller, wieder andere bewältigen die Hindernisse ängstlich. Am meisten Probleme zeigt Frau Meyers Westi. Er läuft mehr oder weniger neben, unter oder gar nicht über die Auslage der Bodenbegebenheiten. Sträubt sich und Frauchen ist einem Nervenzusammenbruch nah. Wie kann man so etwas ihrem, aus einer hervorragenden Zucht stammenden ›Hundeli‹ antun?

Der Boxer-Rüde hat wieder nur Augen für sein Pudelmädchen Kessy. Kaum sitzt Kessy auf dem Balken, springt er zu ihr hoch. Danach jagen die zwei über den Rasen und sind kaum mehr zu bremsen. Frau Müller ist total entsetzt, wirft dem Herrchen vom Boxer Astor ein Vokabular an den Kopf, dass irgendwie ganz und gar nicht zu ihr passen will.

Rosmarie beendet diese Stunde mit den Worten: »Nächsten Montag bitte ich Sie alle, geeignetes Schuhwerk zu tragen. Sich eine Schleppleine von fünf Metern zu besorgen. Wir treffen uns hier, danach laufen wir mit den Welpen mitten durch das Dorf. Werden einen Halt am Bahnhof abhalten. Ich bitte Sie weiter zu üben, dass Sie alle Ihre Vierbeiner fest im Griff haben, damit keiner abhauen kann. Kontrollieren Sie die Halsbänder oder kaufen Sie sich ein sicheres, gepolstertes Hundegeschirr.«

›Das wird ja immer besser‹, denke ich mir. Ich mit zwei solchen Wildfängen. Mir wird jetzt schon allein beim Gedanken an den nächsten Montag, Angst und bange.

»Rosmarie, wie kann ich mit beiden Hunden mitmachen? Kannst du mir helfen?«, frage ich meine Bekannte.

»Keine Angst, Ellen, ich nehme mich einer deiner Hunde an. Meiner bleibt zu Hause«, beruhigt sie mich.

So kommt der Montag, der uns allen mächtig zu schaffen macht. Es ist bei weitem nicht einfach, mit jungen Hunden durch eine Menschenmenge zu gehen. Die verschiedenen Ausdünstungen der fremden Personen sind für Welpennasen sehr aufregend. Die Vierbeiner von den Personen fernzuhalten, benötigt unsere ganze Aufmerksamkeit und unser Durchsetzungsvermögen. Wir nähern uns dem Bahnhof. Dort wird gewartet, bis der nächste Zug mit quietschenden Bremsen einfährt. Schon der Signalton, der die wartenden Personen auf dem Bahnsteig auf die Einfahrt der Bahn aufmerksam macht, erschreckt so manchen Vierbeiner.

»Wir alle müssen ausharren. Die Hunde dürfen keine Reaktion zeigen. Das gehört zur Ausbildung dazu. Es wird immer wieder in ihrem Hundeleben Geräusche geben, mit denen die Hunde klar kommen müssen. Bitte, auch wenn Euer Hund sich ängstlich an Euch drückt, winselt, beachtet ihn nicht. Das wäre für den Vierbeiner nur eine Bestätigung, dass er Angst haben muss«, erläutert uns Rosmarie.

Es ist vorabzusehen, dass die eine oder andere Dame entsetzt ist über die ›Kälte‹ der Ausbilderin. Dies auch lautstark den anderen mitteilt.

»Wie kann man nur so herzlos sein. Meine arme Susi, die wird ihr Leben lang ein Trauma davontragen. Da mache ich nicht mit«, jammert Frau Meyer und zerrt an der pinkfarbenen Leine von Susi.

Frau Röthlisberger mit ihrem Dalmatiner-Mädchen, amüsiert sich köstlich und ruft hinter ihr her. »Packen sie Ihren Schoßhund doch in Watte.

Vergessen Sie dabei nicht, dass wenn mal ein Geräusch von einem Flugzeug oder dergleichen zu hören ist, dass Sie Ihrem Hund sofort Ohrenschützer überstülpen.« Jetzt ist Frau Meyer total geschockt.

Das war zu viel des Guten. Susis Frauchen verlässt die Gruppe, stolziert gekränkt davon. Für heute hat sie genug. Das verkündet sie bei jedem Schritt unüberhörbar, als sie sich von der Gruppe entfernt. Wütend stampft sie in Richtung Wartesaal, harrt dort aus, bis wir alle verschwunden sind. Ob die Dame bei der nächsten Übungsstunde dabei sein wird?

»Zum krönenden Abschluss, da Ihr alles so gut mitgearbeitet habt, lade ich euch in ein nahes Kaffeehaus ein. Dort auf der Terrasse können wir diskutieren, was Ihr besser machen könnt. Einverstanden?«

Macht sich Rosmarie über Susis Frauchen lustig oder will sie uns einfach nur belohnen?

Alle mit einer Ausnahme sind wir einverstanden, denn auch ein Restaurant-Besuch sollte ohne Schwierigkeiten mit einem jungen Hund möglich sein.

Eine geraume Zeit sitzen wir alle friedlich zusammen. Mit der Aufgabe für die nächste Trainings-Stunde endet unser Kaffeekränzchen. Die Welpen benehmen sich, als seien sie schon immer Gast auf der gut besuchten Terrasse gewesen. Was uns Hundehaltern ein Lob von Rosmarie einbringt.

Ich übe zu Hause weiter, was mich auf die glorreiche Idee bringt, mit den beiden meinen Partner im Restaurant zu besuchen.

Dass das nicht die perfekte Übung wurde, merke ich, kaum, dass ich mir mit den beiden einen Tisch ausgesucht habe. Welpen sind süß, ja, jeder Welpe ist niedlich. Das bekomme ich schnurstracks zu spüren.

Ich habe noch nicht richtig Platz genommen, die Vierbeiner sind noch nicht platziert, kommen Scharen von Müttern mit ihren Kindern angestürmt. Nein, Hilfe, da nützt die ganze Hunde-Erziehung nichts. »Darf man die streicheln? Beißen die? Wie alt sind sie denn? Darf ich den Kleinen ein Leckerlein geben?«

Fluchtartig verlasse ich das Restaurant am Fluss. Winke kurz meinem Partner zu und verschwinde in meinen Wagen.

›Das hast du ja mal wieder super hinbekommen‹, hadere ich mit mir.

Es war ein Versuch wert, doch wiederholen werde ich diesen Ausflug bestimmt nicht mehr ...

Die Montage werden immer anstrengender. Schnell trennt sich der Weizen von der Spreu. Bei dieser Stunde steht ein Besuch an einem Fluss an ...

Das Joya eine richtige Wasserratte ist, bekomme ich hautnah zu spüren.

Sie zerrt und rupft so lange an der Leine, windet und wendet sich, dass sie es schafft, aus dem Halsband zu schlüpfen.

Auf mein Rufen reagiert sie nicht. Schwupps landet sie in den Fluten. Schwimmt wie eine Weltmeisterin im fließenden Gewässer.

Die Strömung des reißenden Flusses macht mir Angst.

»Die kommt wieder, lass sie machen. Einige Meter flussabwärts wird sie an Land kommen. Ich kenne das Gebiet hier in- und auswendig«, beruhigt mich Rosmarie.

Andere Welpen sehen, mit welcher Freude Joya im kühlen Nass ihren Spaß hat und folgen ihr. Vorbei ist es mit der Disziplin.

»Okay, lassen wir die Bande erst einmal austoben. Heute steht das Suchen, das Bleib, das Bewachen, das Begleiten und das Abrufen auf dem Übungsplan. Jeder von Euch versteckt sich hinter einem Baum. Mal gucken, wie lange es dauert, bis Euer Welpe angedonnert kommt«, lässt uns Rosmarie wissen.

So sucht sich jeder Kursteilnehmer einen Baum aus und wartet ab. Es dauert nicht lang, da kommt der erste Welpe angerannt. Sucht seinen Besitzer, gefunden. Und nun? Ausgiebig schütteln.

Jeder der Welpen hat dieselbe Macke, kaum beim Herrchen oder Frauchen angekommen, kräftig sein

Fell vom Nass zu befreien. Schütteln, das kaum einer trocken bleibt. Nur eine, die Eine, schreit auf mit einem: »Susiii, igitt, was tust du, wie siehst du nur aus.«

Ich muss mich hinter meinem Baum verstecken, denn ich kann ein Lachen nicht mehr zurückhalten. Ich stelle mir vor, wie es in der Wohnung von Frau Meyer aussehen muss. Kann mir sehr gut vorstellen, dass wenn Susi ausgewachsen ist, diese pinkfarbene lackierte Nägel bekommt. Mindestens einmal die Woche einen Hunde-Beauty-Salon aufsuchen muss ... Arme Susi.

Von diesem Tag an werden in den nächsten Trainingsstunden die Übungen immer wieder wiederholt. Wer Lust hat, meldet sich beim Kurs für Fortgeschrittene oder bei einem Agility- Kurs an. Ich entscheide mich für beide.

Geübt wird weiterhin im eigenen Garten, im Wald oder an Flüssen und Bächen.

Die Katzen danken es mir mit etlichen Streichen. Mir ist bewusst, dass die Stubentiger zu wenig Aufmerksamkeit bekommen. Es ist mir auch sonnenklar, dass sie sich an mir rächen. Mich oft nicht einmal mit ihrem Hinterteil begrüßen. Wohl oder übel muss ich mich nun in zwei Teile teilen. Morgens widme ich mich den Katzen und nachmittags den Hunden. Nur eine Katze, Tiger, akzeptiert das nicht. Sie begleitet uns fortan auf jedem Spaziergang in den Wald mit den Hunden. Dass das die Blicke der Nachbarn auf uns zieht, ist mir egal.

Den Vogel aber schießt mein Sohn ab, als ihm die Gafferei zu bunt wird. Ein Freund von ihm besitzt eine Ratte. Eine zahme, saubere Ratte. Schwarz-weiß ist das Tier.

Eines Tages besucht er mich mit ebendiesem Tier. Begleitet uns auf unserem Sonntagsspaziergang mit der Ratte namens Herkules auf seinen Schultern.

Es hat gar nicht lange gedauert, da muss wohl ein Nachbar uns bei der Gemeinde angeschwärzt haben.

Am Dienstagmorgen steht ein Herr mit Hut und Mappe unter dem Arm vor unserer Haustür.

»Uns ist zu Ohren gekommen, dass es in Ihrem Haus Ungeziefer gibt. Ich gebe Ihnen hier eine Telefonnummer von einem Kammerjäger. Vorab möchte ich mich selbst davon überzeugen, was so alles in Ihrem Haus herumkrabbelt.«

Mir platzt der Kragen. Ich bin normalerweise ein friedliebender Mensch, doch was hier in diesem Dorf abgeht, haut dem Fass den Boden raus.

»Ich lasse Sie nicht in mein Haus. Die lieben Nachbarn sollen erst einmal den Schmutz vor ihrer eigenen Haustür wegkehren. Ihre Nasen nicht dauernd in fremde Angelegenheiten stecken.« Ich knalle ihm die Tür vor der Nase zu.

Es wird Zeit, das gastliche Dorf für immer zu verlassen ... Irgendwann werden wir uns unseren Traum erfüllen ....
Wann? Das wissen nur die Sterne ...

Die Erziehung geht weiter

Mit einem besuchten Welpen-Kurs ist die Erziehung längst nicht beendet.

Oftmals wird mein Nervenkostüm wirklich stark strapaziert.

Das Haus auf drei Etagen, der große Garten, drei spielende, jagende Katzen, die den Haushalt ordentlich aufmischen, bringen mein Blut oft in unerwartete Wallungen.

Minouche, Tiger, Fräulein könnten unterschiedlicher nicht sein.

Dazu die zwei heranwachsenden Vierbeiner, Bonita und Joya, deren Benehmen es mir oft unmöglich machen, Haus und Garten in Ordnung zu halten. Die ungleichen Rassen der Vierbeiner, die verschiedenen Temperamente der beiden, das bedeutet für mich eine Plackerei und viel Durchstehvermögen. Konsequentes Handeln ist nicht meine Stärke, wenn es um die Haustiere geht.

Harte Arbeit.

Minouche fühlt sich wohl vernachlässigt. Provoziert mich, wo und wie er nur kann. Provozieren, dass beherrscht er in Perfektion.

Mein Sohn hat sich zum Essen angemeldet. Klar, dass ich für ihn seine Leibspeise zubereite.

›Spaghetti Bolognese‹ mit viel Tomatensauce.

Die Sauce ist schon seit Stunden am Köcheln, so wie ich es vor Jahrzehnten in Italien gelernt habe.

Abends setzen wir uns zu dritt in der Küche an den bereits gedeckten Tisch.

Minouche drängt sich neben meinen Partner und Sohn, so, als wäre das sein Stammplatz. Sitzt erst ganz gesittet da. Seine Vorderpfoten platziert er auf dem Tisch. Es sieht schon köstlich aus, wenn ich den Kater beobachte. Sein Benehmen, seine Tischmanieren, als stamme er aus sehr gutem Haus. Ist der Eunuche einer Adelsfamilie entsprungen?

Wir beginnen die langen Nudeln mit viel Sauce mit einer Gabel vom Teller aufzurollen. Versuchen die Spaghetti, ohne große Kleckserei, in unsere Münder zu transportieren.

Denkste, so einfach lässt das Minouche nicht zu. Er, der Eunuch, er liebt Tomatenspaghetti über alles. Um welche zu erhaschen, würde er wohl einen Salto vorführen.

Das gibt er den beiden Männern auch unmissverständlich zu verstehen. Mit der einen Pranke, ja dieser Eunuche besitzt nicht Pfoten, sondern Pranken, greift er blitzschnell zu. Fährt seine Krallen aus und angelt sich seine Portion direkt von der Gabel meines Partners.

Dieser trägt wie immer, ob Sommer oder Winter, nur ein T-Shirt, er, mein heißblütiger, wie ich ihn oft hänsele.

Wehe, wenn mein Partner nun sein Abendessen verteidigt. Er wird sofort bestraft. Die gut gewetzten Krallen von Minouche setzen am Oberarm an, um diese dann genüsslich in einer langen Bahn den gesamten Arm hinunter zu ziehen. Er scheint dabei frech zu grinsen. Er mutiert zu einem Sadisten, wenn es um Spaghetti geht. Sein ehemals weißes Brüstchen verfärbt sich immer mehr in ein saftiges Rot ...

Von einem gemeinsamen, gemütlichen Abendessen kann keine Rede mehr sein. Da nun die anderen Katzen merken, dass es hier Futter gibt, schleichen allesamt um den Tisch und gesellen sich dazu, aus ist es mit der Ruhe.

Bonita, die sowieso immer fressen kann, gesellt sich auch noch dazu. Ihr folgt, wie kann es anders sein, Joya. Alle möchten, nein wollen auch einen Bissen abbekommen.

So viel zur Erziehung ...

Oft denke ich mir, ich könnte zehn Katzen und Hunden ein zu Hause bieten. Jeder der Stubentiger, der Vierbeiner hat seinen eigenen Charakter und seine ganz spezielle Macke. Oft richtige Staralllüren kommen zum Vorschein.

Tiger, der am liebsten in Einkaufstüten klettert. Er, der sich vor allem sehr schnell mit den Hunden verbündet.

Die Glückskatze, die wir auf den Namen Fräulein getauft haben. Welche es unmöglich findet, wenn sie bei Regen nach draußen muss. Nasse Pfötchen, das geht gar nicht.

Pfui Teufel, wie eklig ist das denn ... schüttelt ihre Pfötchen und zieht ein Gesicht, wie sieben Tage Regenwetter.

Alle drei Samtpfoten lieben es, unseren Platz auf der Polstergruppe oder in den Betten streitig zu machen. Wehe dem, der sich wehrt. Die Katzen verteidigen IHREN Platz, als sei es das Normalste der Welt. Wir sind nur geduldet, dürfen uns jedoch kaum bewegen. Möchten wir die Stubentiger des Platzes verweisen, hagelt es Pfotenhiebe.

Verfressen sind alle mit einer Ausnahme. Fräulein, sie frisst nicht alles. Nein, um Himmels willen auch, wie kann man nur so Billig-Futter in sich hineinstopfen. Wir füttern ausschließlich Markenprodukte. Doch es gibt bekanntlich auch unter diesen Sorten enorme Preisunterschiede. Nur das Teuerste ist für Fräulein gut genug.

Eine Lösung muss her. Ab sofort erhalten alle Katzen nur noch eine Sorte Futter.

Fräulein beginnt sofort mit ihrem Hungerstreik.

Wir lassen sie streiken. Mal schauen, wie lange sie es aushält, nichts zu fressen. Die Futternäpfe der Katzen sind stets gut gefüllt.

Fräulein weigert sich und bleibt sich treu.

Nach einigen Tagen muss sie wohl einen Heißhunger gepackt haben, dass sie alle drei Näpfe leer gefressen hat.

Folge dessen? Ihr wird schlecht. Es geht ihr überhaupt nicht mehr gut.

Ihr Bauch gleicht der einer hochträchtigen Kätzin. Dauernd muss sie sich übergeben. Nicht draußen im Garten auf den Rasen, nein. Auch nicht im Haus auf dem Fliesenboden, mitnichten. Nur auf einem Orientteppich kann sich die Mieze übergeben. Na, schön. Ich putze mir die Finger wund. Die anderen Katzen jammern, da ihr Futter weg ist. Langsam aber sicher platzt mir der Kragen.

Bonita, die Allesfresserin, die zufrieden und glücklich ist, wenn es was zu Futtern gibt. Am liebsten ruht sie sich aus. Nicht im Rasen, nein, auf meinem Liegestuhl. Dort muss es viel bequemer sein. Ihre Devise? Was dein ist, ist auch mein ... bequem wird sie. Doch das wird sich schlagartig ändern. Ich habe die Hunde und uns alle, mit keiner Ausnahme, für einen Agility-Kurs angemeldet. Der beginnt jedoch erst im Winter. Was meinen Partner so richtig begeistert. Da unser Restaurant den Winter über geschlossen bleibt, muss auch mein Partner mit, basta.

Joya, die agile Flippige. Sie liebt es, wenn sie springen, rennen, und suchen darf.

»Sollen wir versuchen, ob wir sie abrichten können? Dass sie für uns Trüffel sucht?«, frage ich meinen Partner. Er ist sofort begeistert von der Idee. Fährt in den nächsten Feinkostladen und kommt mit einem Trüffel-Pilz zurück. »Der hat ein Schweinegeld gekostet. Das darf nicht schief gehen, denn mehrere solche Trüffel können wir uns nicht leisten«, murmelt er vor sich hin.

Eine kleine Dose ist rasch gefunden. Ein Stück vom Trüffel geben wir hinein. Mein Partner macht sich auf den Weg in Richtung Wald. Unterwegs im Unterholz versteckt er die Dose und wartet auf einem am bodenliegenden Baumstamm auf uns. Ich habe derweil der Joya ein Stück der Delikatesse unter die Nase gehalten. »So, mein Mädchen, merk dir diesen Geruch. Auf, auf, suchen«, rede ich auf das Hundemädchen ein.

Wir zotteln zusammen los. Bonita, Joya und ich. Immer wieder rede ich leise auf die Hündin ein: »Suchen …«. So spazieren wir gemächlich in den Wald. Joya schnuppert und spürt wohl eine Fährte auf. Ihre Nase nur einige Millimeter über dem Waldboden, sucht sie. Was sucht sie denn? Jetzt erkenne ich, dass sie Herrchen gefunden hat. Toll, sie hat die Fährte von ihm aufgenommen. Nichts von teuren Trüffeln. Minuten später findet sie die Dose, doch nicht wegen der Köstlichkeit, nein.

Ich habe nicht daran gedacht mir beim Befüllen der Dose Handschuhe überzustreifen. So findet sie das Döschen ganz einfach, weil es nach mir riecht. Tolle Leistung, Frauchen. Was für eine Blamage. Doch irgendwann werden wir den Versuch noch einmal starten.

Unterschiedlicher könnten die beiden Hunde nicht sein. Doch das ist gut so. Zwei solche Wildfänge, wie Joya, würde meine Kondition nicht vertragen. Da müsste ich erst einmal ein Jahr in ein Fitness-Studio, um mir Schnelligkeit und Beweglichkeit anzueignen.

Da Joya nicht reinrassig ist, habe ich mir oft überlegt, wer ihre Vorfahren sein könnten. So, wie sie sich oft an der Leine verhält. Ich kam nur auf eine Tierart, die ich auf einer meiner Reisen in Marokko sah. Kletterziegen. Stammt sie wirklich von den berühmten Kletterziegen ab?

Bonita, das pure Gegenteil. Ihre Eigenschaften sind vergleichbar mit einem Faultier, dass sich nur im Zeitlupentempo bewegt. Das auch nur, wenn es unbedingt sein muss. Oder, wenn es Futter gibt, dann kann sie rennen wie ein Hundertmeter-Läufer beim Training für die Olympiade.

Das alles hat nichts mit der Erziehung zu tun, die noch längst nicht abgeschlossen ist.

Manchmal komme ich mir vor, als hätte ich einen Kleinzoo. Die Katzen, die man ja angeblich nicht erziehen kann, bei uns hingegen klappt es bei zwei Katzen sehr gut. Die gehorchen fast aufs Wort.

Und schon spurten Herrchen und Frauchen.

Manchmal dauern Wunder eben etwas länger ...

Der erste Winter mit den Hunden

November, die Tage werden kürzer. Morgens trübt oft dichter Nebel die Sicht bis hin zum Waldrand. Das hält uns nicht davon ab, täglich unsere Runden mit Bonita und Joya zu laufen.

Welche Freude es ist zuzusehen, wenn die Vierbeiner im Wald in den Haufen von rotgefärbtem Laub herumtollen. Die Blätter aufwirbeln, wenn die zwei nach irgendetwas Imaginären im Blattwerk graben. Oft verstecken wir ihren Ball in solchen Laubhaufen, damit die Hunde graben dürfen.

Sie klettern mit Vorliebe über gefällte Bäume, die am Boden für den Abtransport herumliegen.

Oft treffen wir auf bekannte Gesichter. So ergibt es sich, dass wir Hundehalter einmal die Woche einen gemeinsamen Waldspaziergang unternehmen. Es kommt vor, dass wir uns auch nur bis zum Grillplatz begeben, dort zusammensitzen, die mitgebrachten Getränke und Brote auspacken. Picknicken bei jeder Jahreszeit. Die Vierbeiner herumtoben lassen.

Dann eines Morgens ist es soweit. In der Nacht ist der erste Schnee gefallen. Nur ein Hauch Schnee liegt im Garten und bedeckt den Rasen.

Was für ein Schauspiel uns geboten wird. Die Katzen kennen das Phänomen schon, die Hunde nicht. Vorsichtig treten sie hinaus. Zaghaft wird eine Pfote ausgestreckt, um diese dann ruckartig wieder zurückzuziehen. Igitt, kalt und nass zugleich. Die Nase wird nun vorsichtig in das weiße Etwas getaucht. Wie lustig die beiden aussehen, wenn auf ihren schwarzen Nasenspitzen ein winziges Häufchen Schnee haften bleibt. Bonita wird mutiger. Sie stampft durch den Schnee, legt sich auf den Rücken, wälzt sich wohlig im Schnee. Von deren Getue angelockt getraut sich nun auch Joya in das ungewisse Etwas.

Sie gräbt sich durch und frisst den Schnee. Wohl in der Hoffnung, dass dieser dann ganz verschwindet.

Sie liebt den Schnee und möchte gar nicht mehr ins Haus ... Es beginnt von Neuem leicht zu schneien. Die in der Luft tanzenden Schneeflocken werden von Joya umgehend gejagt. Sie schnappt nach den Gebilden und versucht die Schneeflocken zu fressen und ist sichtlich erstaunt, dass sie plötzlich nichts mehr im Maul hat.

Das ist für uns das richtige Wetter mit den beiden einen langen Spaziergang im Wald zu unternehmen. Solange es rieselt, ist die Temperatur für mich noch auszuhalten. In unsere wärmenden Jacken schlüpfen, geeignetes Schuhwerk anziehen und den Vierbeiner ihre Geschirre anlegen. Diese habe ich erst kürzlich gekauft. Festgestellt, dass sie mit diesen Geschirren um einiges weniger an der Leine zerren. Wir sind startklar und marschieren flotten Schrittes in Richtung des nahen Waldes. Eine Traumvorstellung, denn weder Bonita noch Joya haben es eilig. So viel gibt es zu schnuppern, das unter der Schneedecke verborgen liegt. Gemächlich kommen wir vorwärts und erreichen irgendwann den Waldrand. Kein Mensch ist weit und breit zu sehen. Mein Partner und ich, wir genießen die Ruhe. Der bereits liegende Schnee schluckt viele Geräusche. Kaum erreiche ich eine Tanne, deren Äste der Schnee hinuntergedrückt, kommt mein Partner angerannt. Schüttelt am Zweig, sodass mir Schnee in die Kleidung fällt. Tolles Gefühl, na warte ...

Bonita und Joya macht der Spaziergang riesigen Spaß. »Wir müssen doch den ersten Schnee bildlich festhalten«, ruft mir mein Partner zu.

»Aber sicher doch. Wann haben wir schon einmal Schnee? Meistens liegt er nur in den oberen Regionen. Unser Dorf liegt nur ungefähr 600 Meter über Meer. Machen wir eine Fotoserie«, gebe ich ihm Recht.

Es wird geknipst, was das Zeug hält. Mal die Vierbeiner gemeinsam. Dann wieder nur Bonita, danach Joya. Einmal mit Frauchen, dann mit Herrchen. Zum

Glück sind die Fotoapparate heute digital. Müssten wir die Filme entwickeln lassen, das würde uns eine Stange Geld kosten.

Joya möchte einfach nicht still sitzen. Es muss etwas im Unterholz geraschelt haben. Eine Maus? Wir brauchen Geduld, um schöne Bilder in den Kasten zu bekommen.

Vielleicht klappt es besser, wenn Frauchen mit Leckerlis daneben hockt?

›Leckerli geht immer, in jeder Situation‹, denke ich mir. Mein Partner ist hellauf begeistert und möchte weiter fotografieren. Bonita macht brav mit, Joya hingegen hat urplötzlich andere Interessen. Sie rast durch den Schnee und verschwindet unvermittelt im Dickicht. Auf unsere Rufe reagiert sie nicht. Das macht nun auch Bonita neugierig. Bevor einer von uns handeln kann, verschwindet auch sie. Und nun?

Bleibt uns zwei Superhelden nichts anders übrig, als den beiden zu folgen. Sorgenvoll wende ich mich an meinen Freund: »Ich weiß, dass Joya Rehe jagt. Hoffentlich hat sie keines aufgescheucht.«

Wir stapfen hintereinander mitten durch den Wald. Stolpern über Wurzeln, rutschen, Äste, die uns im

Gesicht streifen, schieben wir mit den Händen beiseite. Kämpfen uns durch den dichten Wald. Mittlerweile schneit es immer stärker. Ein Schneegestöber, dass sich auf dem Waldboden festsetzt. Bange Minuten vergehen, die mir wie Stunden vorkommen. Dank diesem Marsch beginne ich zu schwitzen. Dann endlich sehen wir die beiden Ausreißer. Joya gräbt den halben Waldboden um. Ein tiefer Graben zieht sich über mehrere Meter. Sie zieht und zerrt an Wurzelwerk, dass sie aus dem bereits gegrabenen Stück Erde zerrt.

»Das muss nach etwas Bestimmtem riechen, dass Joya in einer solchen Euphorie zerrt«, lacht nun mein Partner. Bonita, die liegt selenruhig daneben. Ruht sich aus vom Sprint. Beide Vierbeiner nehmen wir kurzerhand wieder an die Leine. Zum Glück hat mein Freund eine gute Orientierung, denn er findet den Waldweg sofort und ohne lange Umwege. Flotten Schrittes möchten wir rasch nach Hause. Die Schneedecke wird immer dicker.

Komischerweise legt sich Joya auf einmal hin und möchte keinen Schritt mehr weiter gehen.

Ich schaue mir die Hündin genauer an, denn dieses Verhalten ist für Joya untypisch.

Es liegt kein Pulverschnee, nein, nasser Schnee. Der hat zwischen den zarten Pfoten von Joya kleine Kügelchen gebildet. An ihrem Bauch sehe ich winzige Eiszapfen. Das sie mit diesen Schneeklumpen zwischen den Pfoten Schmerzen hat, versteht sich von selbst. Zu zweit machen wir uns ans Werk. Jedes einzelne Kügelchen müssen wir aus ihren langen Haaren zwischen den Fußballen lösen. Kalte Finger inklusive, was die Arbeit immer schwieriger macht.

Komischerweise hat Bonita dieses Problem nicht. Wir sind noch lange nicht zu Hause. Immer nach gefühlten zehn Minuten beginnt Joyas Problem von Neuem.

»Wenn wir Morgen wieder unterwegs sind und immer noch Schnee liegt, schneide ich Joya zuvor die Haare zwischen den Ballen zurück. Schmiere ihre Pfoten mit Vaseline ein und hoffe, dass es hilft«, erkläre ich meinem Partner.

Ausgepowert kommen wir alle zusammen zu Hause an. Zuerst werden die Hunde mit bereitliegenden Tüchern abgerieben. Wir schlüpfen aus den nassen Stiefeln, lassen diese erst einmal vor der Haustür stehen. Rein in das gut beheizte Haus. Gemeinsam setzen wir uns mit einer Tasse Glühwein auf die bequeme Polstergarnitur. Füße hoch und den Nachmittag Revue passieren lassen. Bonita und Joya liegen vor dem Kamin und ganz langsam tauen auch die beiden Vierbeiner auf. Ein kleiner See bildet sich um Joya, jetzt wo die Eiszapfen und Klumpen zerschmelzen können.

Ich bin mir sicher, es werden noch viele gemeinsame Wintertage folgen.

Es muss funktionieren

Joya lernt es wohl nie, sich an der Leine wie ein Hund zu benehmen. Kaum angebunden, hüpft, springt und bockt sie, was das Zeug hält. Ich muss sie immer erst zehn Minuten lang, an der Leine austoben lassen, damit sie danach einigermaßen ›anständig‹ an der Leine läuft. Ohne zerren und rupfen, von der einen zur anderen Seite vor meinen Füssen hin und her zu springen. Ein Genuss mit zwei Hunden so einen Spaziergang zu unternehmen, sieht anders aus.

Was mir auch bei jedem Besuch von Freunden oder Bekannten Sorgen bereitet, ist das Verhalten unserer Wachhunde. Kaum betätigt Jemand die Klingel an der Haustür, spurten Bonita und Joya los. Ohne Rücksicht auf Verluste donnern sie durch das Haus. Möchten die Ersten sein, die den Klingelnden begrüßen.

Begrüßen kann man das nicht nennen, was die Hunde dort aufführen. Man hört die beiden durch das Haus rumpeln. Es poltert, als sei eine Elefantenherde unterwegs. Alles, was den beiden im Weg steht, wird einfach niedergetrampelt. Hauptsache, als erste an der Tür.

Ich bin schon so weit, dass ich unsere Besucher vorwarne: »Bitte, wenn ihr kommt, nicht klingeln. Hüllt euch in die ältesten Klamotten, die ihr findet. Ihr dürft vor allem keine Angst vor wilden Tieren haben. Denn nicht nur die beiden Hunde werden euch überfallen. Da lauern noch die Katzen, die nur zu gerne in den Mittelpunk geraten möchten, koste es, was es wolle.«

So auch bei dem Besuch von einem befreundeten Paar. Wie gesagt, ich habe die zwei vorgewarnt. Der Vorbau am Haus wird durch zwei massive Holzpfeiler gestützt. An denen sich die ›Betroffenen‹ festhalten oder klammern können. Hauptsache sie bringen sich in Sicherheit. Es ist 17 Uhr 30, als die Klingel mit ihrem durchdringenden ›Ding-Dong‹, ›Ding-Dong‹ durch das gesamte Haus hallt. Unsere Freunde sind dreissig Minuten zu früh. Wären die zwei pünktlich erschienen, hätte ich diese bereits im Garten ohne Haustiere erwartet. Doch so? Die Show beginnt. Der ganz normale Wahnsinn startet.

Wie erwartet trampeln die zwei Vierbeiner in einem Affenzahn durch das Haus. Ich komme mir vor, als wäre ich auf einer Safari irgendwo in Afrika. Vor meinem geistigen Auge öffnen sich wahre Abgründe. Nashornherden, die durch die Steppe stampfen. Mich verfolgen, mit der Absicht, mich platt zu trampeln.

Ich sehe mich um und sehe Bonita und Joya, die freudig hechelnd auf mich zu rasen.

Ich versuche, so schnell wie es mir nur irgendwie möglich ist, als Erste an der Haustür zu sein. Scheitere jedoch kläglich.

Werde von den beiden Vierbeinern angerempelt und überholt. Nun sitzen sie da, vor der Haustür, glücklich wedelnd und warten darauf, dass ich den Ausgang öffne. Es wird lauthals gebellt und an der Tür hochgesprungen. Unschöne Kratzer hinterlassen ihre Krallen in der massiven Holztür.

»Ab, auf eure Plätze. Macht schon, verschwindet auf euren Platz«, schreie ich den Vierbeinern zu. Die mich wegen ihres lauten Gebells nicht hören können oder wollen. Man versteht wirklich sein eigenes Wort kaum. Ein wahrer Kampf beginnt jetzt. Ich muss die Haustür öffnen, damit ich den Besuch endlich in Empfang nehmen kann. Jedoch ohne, dass die Hunde die Besucher überfallen. Also bleibt mir nichts anderes übrig, als wieder mit meinem bereits lädierten linken Bein, den Hauseingang zu versperren. Schreie lauthals zu unseren Freunden: »Achtung, sie kommen.«

Eigentlich möchte ich nun die Tür langsam öffnen, was mir mitnichten gelingt. Jetzt habe ich keine Kraft mehr. Bonita mit ihrem großen Bernersennen-Kopf schiebt sich mit ihrer ganzen Wucht an meinem verbeulten Bein vorbei. Joya folgt dem freigepflügten Weg. Mein Bein schmerzt und wird tags darauf bestimmt zwei drei blaue Stellen mehr aufweisen. Die bisherigen Dellen sind nicht zu übersehen. Klar, die beiden Vierbeiner haben es sich zum Ziel gesetzt, als erste die Neuankömmlinge zu begrüßen. Zaghaft werfe ich einen Blick zu unseren Gästen. Leben sie noch oder liegen sie schon flach auf dem Boden? Niedergewalzt von den zwei Wildfängen? Trete hinaus, um endlich unseren Besuch willkommen zu heißen. Alle meine Rufe, meine Kommandos sind zwecklos.

Das Gebell hat aufgehört, doch nun springen sie an unseren Freunden hoch. Zu meinem Glück sind beiden Hunde noch nicht ausgewachsen. Wenn die erst einmal die gesamte Körpergröße, ihr Kampfgewicht erreicht haben, dann wiegen die bestimmt zwischen dreißig und vierzig Kilogramm, da wird es dann nicht mehr witzig. Die dann immer noch an Personen hochhechten, dann kann man nur noch flüchten oder sich flach auf den Boden werfen.

Im Moment jedenfalls sind die zwei damit beschäftigt, unser befreundetes Paar voll und ganz in Anspruch zu nehmen. Die beiden Freunde werden abgeleckt, geküsst, gewaschen und angesprungen. Nach weiteren fünf Minuten einer nicht vorzeigbaren

Hundebegrüßung verlieren die Vierbeiner jegliches Interesse an unseren Freunden ... und ich?

Ich schäme mich in Grund und Boden, dass ich die Halbwüchsigen, trotz Welpenkurs, immer noch nicht im Griff habe.

Das muss sich in absehbarer Zeit schlagartig ändern ...

Schlussendlich kann auch ich, unsere Gäste willkommen heißen. Die Besucher haben sich mittlerweile auf der nahestehenden Gartenbank niedergesetzt. Die beiden Vierbeiner tollen im Garten herum. Endlich, dicke Schweißperlen machen sich auf meiner Stirn bemerkbar. ›Na, wartet ihr Rabauken, euch werde ich noch Manieren beibringen‹.

Ausgepowert liegen die Vierbeiner mitten im Rasen, so als möchten sie den Besuchern zeigen, dass sie doch eigentlich ganz brave Hunde sind ...

»Möchtet ihr lieber draußen im Garten sitzen oder sollen wir ins Haus?«, frage ich die nicht mehr ganz so taufrischen Besucher.

»Macht es zuviele Umstände, wenn wir ins Haus gehen. Drinnen sind wir sicherer aufgehoben,« lacht mich Sandra an. ›Ja, wenn da nicht noch die Katzen wären‹, gehen mir die Gedanken durch meinen Kopf.

Wohlverstanden, die beiden haben gewusst, dass wir nach Piggys Tod, zwei Welpen ein neues Zuhause bieten. Sie kannten Piggy sehr gut und dachten wohl, dass Bonita und Joya bereits so gut erzogen sind, wie damals Piggy.

»Wie ihr bereits wisst, warten unsere Katzen im Haus. Die werden bestimmt alles versuchen, um sich bei euch einzuschmeicheln. Kennt ihr ja noch von den anderen Besuchen.«

»Mit den Katzen kommen wir schon klar. Mach dir da keine Gedanken«, lachen die beiden.

Was uns im Haus erwartet? Wenn die wüssten, zu welchen Schlitzohren sich die drei Samtpfoten entwickelt haben. Habe ich da eine Vorahnung? Kann ich hellsehen? Es wird schon schiefgehen. Träumen darf man doch noch? Mache ich mir so meine Gedanken. Mein Kopfkino funktioniert - wie immer - tadellos.

Vorsichtshalber verschloss ich zuvor, als die Hunde und Katzen das Wohnzimmer verließen, beide Salontüren. Ich wollte sicher gehen, dass keine der Katzen die schönen Cocktail-Gläser vom bereits gedeckten Tisch herunter wirft. Falls die Raubtiere wieder einmal ihre fünf Minuten haben und durch das Wohnzimmer hetzen. Auf allen Möbeln herumturnen, ohne zu beachten, dass etwas in die Brüche gehen könnte. Hauptsache Spaß an der Sache.

Gemeinsam betreten wir das Haus. Die Hunde bleiben vorerst im Garten. Wir gehen ins Wohnzimmer und setzen uns an den Tisch, um uns endlich in Ruhe zu unterhalten. Dachten wir zumindest. Mein Partner bringt die Zutaten für den Cocktail und eine Platte mit Apéro-Häppchen. Mundgerecht zugeschnittene Lachs- Brötchen.

Wie lange es wohl dauert, bis eine der Katzen vom Duft angelockt wird und sich aus ihrem Versteck im Haus wagt?

Er, Minoche, betritt als erster das Wohnzimmer. Heute sieht er speziell gut aus. Hat er sich für unsere Gäste einem Beauty-Programm unterzogen? Sein Fell sieht so aus, als wäre er zuvor mit Weichspüler behandelt worden. Der besonders hübsche Langhaarkater stellt seinen buschigen Schwanz in Fragezeichen- Form in die Höhe. Er scheint sich seiner Pracht heute sehr bewusst zu sein. Sofort erhält er unsere ganze Aufmerksamkeit. Seine sonst schon schwarz umrandeten Augen, sehen in diesem

Moment so aus, als hätte er sich für unsere Freunde geschminkt. Hat er tatsächlich meinen Eyeliner benutzt, um seine grünen Augen noch besser in Szene zu setzen? Elegant, was sonst nicht seine Art ist, bewegt er sich in Richtung Tisch, angelockt vom Lachs. Hat er heimlich geübt für Heidi Klums: Germanys next Topmodel? Er legt einen perfekten Catwalk hin. Scheint unsere Blicke zu genießen. Wir alle sind total abgelenkt und vergessen auf unsere Happen aufzupassen. Nun, ja, welche Katze kann denn schon Lachsbrötchen widerstehen? Ich kenne keine. Tiger nutzt seine Gelegenheit und klaut uns den Lachs von den Tellern. Rasch werden wir von allen drei Katzen umzingelt.

Und wie die Samtpfoten betteln. Mit jeglicher Technik versuchen sie, einen Bissen zu erhaschen. Da wird gemauzt, gejammert. Da werden die spitzen Krallen eingesetzt, bis einer von uns blutüberströmt das Verlangte der Katze überlässt. Vor Schreck lässt Sandra ihren Happen fallen, den sie so eben noch in ihrer Hand hielt.

Es wird versucht, auf Knien zu landen, um dann unvermittelt zuzugreifen.

Wir müssen unseren Apéro verteidigen, als hätten wir Schmeißfliegen, die sich immer wieder auf die winzigen Happen niederlassen möchten.

Mein Partner spricht ein Machtwort. Die Stubentiger müssen das Wohnzimmer verlassen. Mit einem Stückchen Lachs lockt er die Raubtiere in die Küche. Kaum sitzen alle brav vor ihren Näpfen, teilt er den Happen auf, um sich danach so rasch wie möglich aus dem Staub zu machen. Tür zu, fertig.

Durch lautes Gebell machen sich die Hunde im Garten bemerkbar. Ich muss die beiden reinlassen, ansonsten reklamieren die lieben Nachbarn, deren kleine Hunde nie kläffen. Nein, die bellen nie.

Doch nun beginnen die Bonita und Joya unaufhörlich mehr und mehr zu bellen.

Es bleibt uns nichts anderes übrig, als die zwei ins Haus zu lassen. Nicht, dass wieder einmal ein Herr der Gemeinde eintrudelt und uns die Leviten lesen möchte. Sind wir ja mittlerweile gewohnt, dass wir den Einwohnern nicht passen.

So gesellen sich an Stelle der Katzen nun die Hunde zu uns. Diese sind vom Herumtoben zu müde, um uns die Speisen abspenstig zu machen. Ein erholsamer Abend mit Freunden bei einem ausgezeichneten Essen, haben wir uns etwas anders vorgestellt.

Nach der üppigen Mahlzeit dislozieren wir auf das Sofa, in der Hoffnung, dass sich die Vierbeiner, alle ohne Ausnahme, endlich zurückziehen. Doch da habe ich mich total geirrt.

Eine der Katzen hat es doch tatsächlich geschafft, die Schiebetür der Küche zu öffnen. Wie sie das gemacht hat, bleibt mir lange Zeit ein Rätsel. Doch eines Tages durchschaue ich auch diesen Trick ...

Jetzt erst recht, denken sich die Katzen und belagern uns, wo sie nur können. Schließlich gehört das Sofa ja auch den Stubentigern.

Wie schon so oft, beginnt unser Kampf um die besten Plätze auf dem Sofa. Auch unsere Besucher werden nicht verschont und sitzen mitten im Gerangel. Noch sitzt er auf dem Boden, doch sein verwegener Blick verrät alles. Über kurz oder lang, wird er angreifen. Ich kenne sein Gehabe in - und auswendig.

Minouche und sein Machtkampf um seine Poleposition, dafür unternimmt er alles, was in seiner Macht steht. Mit den Waffen eines Katers.

Der Abend mit den Freunden neigt sich dem Ende zu. Sie verabschieden sich von uns, natürlich mit Gefolge von Bonita und Joya.

Ob unsere Freunde uns jemals wieder besuchen werden, nach diesem Tag? Wer weiß, es kann gut sein, wenn ich die Hunde endlich richtig erzogen habe.

Das muss sich ab sofort ändern. Nur weiß ich noch nicht, wie ich das anstellen kann.

Den Hunden Manieren beibringen

Eines Tages habe ich die Idee. Unsere Eckpolstergruppe im Wohnzimmer eignet sich für mein Vorhaben ausgezeichnet.

Die Hundebetten platziere ich auf je einer Seite der Polstergarnitur.

Bonita wird an die Leine genommen und auf der linken Seite der Polstergruppe, auf ihrem Schlafplatz, an deren massiven Fuß festgezurrt. Joya auf der rechten Seite auf ihrem Schlafplatz. Sie binde ich in derselben Manier an. Das muss halten und den Test bestehen. Ich schnalle mir die Bauchtasche um. Gefüllt mit Leckerlis. Nichts geht ohne Belohnung.

Was hat mir meine Freundin, vom Hunde- und Katzen-Ferienheim beigebracht?

Ihre Worte kommen mir urplötzlich in den Sinn.

»Setz dich bequem hin und beruhige dich. Atme tief und langsam in den Bauch ein. Zähle auf zehn und atme ganz langsam durch den Mund wieder aus. Schließe dabei deine Augen. Stell dir nun genau vor, was du den Hunden beibringen möchtest. Du siehst das Ergebnis, wie schön die Hunde dir gehorchen. Du machst diese Übung so lange, bis du total ruhig bist und weißt, dass es dir gelingen wird.«

Genau diese Übung mach ich jetzt zuerst. Bonita und Joya lassen mich nicht aus den Augen. Hypnotisieren mich die zwei?

›Mich stört ihr nun nicht, nein, ich lass mich von euch nicht ablenken‹, denke ich mir. Rede mir ein, dass die Hunde diese Übung mit Bravour bestehen werden.

Die Hoffnung stirbt zuletzt ...

Ruhig und gelassen trete ich vor die eine, dann vor die andere Hündin. »Bleib, bleib, bleib«, wiederhole ich immer wieder. Trete einen Schritt zurück, ohne die zwei aus den Augen zu lassen. Nach fünf weiteren Schritten trete ich wieder an deren Betten, lobe und jede erhält ein Leckerli. »Fein macht ihr das, fein, gut.« Die Übung wiederhole ich einige Male und trete dabei immer weiter zurück in Richtung der Wohnzimmertür. Immer beschwörend auf die Hündinnen einredend: »Bleib, fein, bleib.«

Wieder werden sie für ihren Gehorsam belohnt. Nun lege ich eine Pause ein, sodass Bonita und Joya nicht ganz die Lust an den Übungen verlieren. Sie dürfen in den Garten und sich austoben. Was aber nicht heißt, den Rasen umgraben zu müssen ... Auch keine Blumenzwiebeln an die Erdoberfläche befördern. So lass ich die beiden nicht aus den Augen ... Vertrauen ist gut, Kontrolle, in diesem Fall, viel besser.

Nach ausgiebigem Herumtollen geht die Übung in die Phase zwei.

Wieder werden die Hunde festgezurrt. Meine Beschwörungsformeln prasseln auf die Vierbeiner ein: »Bleib, bleib, fein, ja, bleib.« Ich entferne mich immer weiter in Richtung Ausgang. Beim sechsten Versuch gelingt es mir, bis vor die Haustür zu treten. Betätige die Klingel und schon höre ich ein Gerumpel. Ein quietschendes Geräusch, das mir die Haare zu Berge stehen lassen. Zahnschmerzen löst das Geräusch bei mir aus. Ich spurte ins Wohnzimmer. Werfe einen kurzen Blick durch die offene Zimmertür. Was ich da zu sehen bekomme, ist kaum zu beschreiben.

Mir kommt die gesamte Polstergruppe mit zwei Hunden entgegen.

Bonita zerrt auf ihrer Seite an der Leine, Joya hilft auf ihrer Seite mit. So ziehen die beiden Vierbeiner die Polstergarnitur durch das Wohnzimmer.

Nichts von ›bleib‹ und ›fein‹ bringe ich über meine Lippen. Auch kein Leckerli werfe ich der Meute vor die Pfoten. Nein, in Rage bin ich.

»Versagt denn bei euch beiden die ganze Erziehung? Nicht mit mir. Gebe mich nicht geschlagen, auf keinen Fall tanzt ihr mir dermaßen auf der Nase herum. Ich finde Mittel und Wege, wartet nur. Und wenn ich zwei Bäume im Wohnzimmer einpflanzen muss«, rede ich wütend auf die zwei ein.

Tags darauf beginne ich von Neuem. Ich zurre die Verbeiner wie gehabt fest. Dieses Mal jedoch an den Fenstergriffen. Die werden mir wohl kaum die Fenster aus den Mauern zerren können.

Die Übung beginnt. Heute bin ich forscher. Mit beiden Beinen stehe ich fest auf dem Boden, meine Stimme wirkt jetzt tiefer, als am Vortag. Meine Befehle kommen nicht mehr so lieb und nett. Im Befehlston wie ein Hauptmann gebe ich den Ton an. Siehe da, nach etlichen Bemühungen und einigen Zwischenpausen, klappt es gar nicht mal so schlecht. Die Vierbeiner kuschen. Immer wieder trete ich zur Haustür hinaus, betätige die Klingel und kehre flotten Schrittes zu den Hunden zurück. »Fein.« Zack ein Leckerli. Weiter geht es, bis die beiden begriffen haben, dass es ihnen nichts bringt, wenn sie nicht gehorchen.

Voller Stolz führe ich das ›Kunststück‹ abends meinem Partner vor. Siehe da, es klappt - nach dem dritten Versuch.

»Wie hast du das nur geschafft, dass die Bonita und Joya nicht mehr lospurten, wenn man klingelt?«, fragt mich mein Partner.

»Oh, dieses Geheimnis erzähle ich dir zu gegebener Zeit. Jede Frau hat doch so ihre Geheimnisse«, lache ich.

Nun dürfen Freunde ohne Vorwarnung zu Besuch kommen. Doch ob die Vierbeiner dann immer noch so wunderbar gehorchen, steht auf einem Blatt geschrieben.

Wie gesagt, die Erziehung von Bonita und Joya ist längst noch nicht beendet.

Minouche

Die Hunde toben im Garten herum. Tiger möchte immer wieder mitmachen. Er lässt nichts unversucht, dass Joya ihn in ihr Spiel miteinbezieht.

So setzt sich Tiger auf einen herabhängenden Ast im Baum nieder. Legt sich in Lauerposition. Versucht, wenn Joya unter dem Baum herumspringt, auf ihren Rücken zu springen. Doch sein Spiel will nicht klappen. Langsam wird Tiger grantig ...

Er lässt sich einfach fallen, landet sicher auf allen vier Pfoten und legt los. Er rast hinter Joya her, holt sie ein und klammert sich an ihre Rute. Joya schert das nicht, sie hüpft und legt an Tempo zu. Schlägt Haken wie ein Hase. Tiger klammert sich fester und fester. Klettert auf deren Rücken. Ich beobachte das Schauspiel und muss grinsen. Ein Doppeldecker in meinem Garten, das hat auch nicht jeder. Die beiden verstehen sich einfach und das auch ohne Worte. Oder können Hunde und Katzen Fremdsprachen?

Bonita kommt sich etwas verlassen vor. Nutzt diese Gelegenheit aus. Heimlich nascht sie an den Stachelbeeren.

Hinter dem Haus ist der Obst und Gemüsegarten. Von Himbeeren, Stachelbeeren, Johannisbeeren bis zu Birnen-, Aprikosen- und Apfelbäumchen ist alles zu finden. Trauben und Kiwis, deren Früchte je nach Jahreszeit ihren Duft verströmen. Da kann eine Bonita nicht widerstehen.

Fräulein liegt gemütlich in einer Blumenkiste und sonnt sich. Das verwundert mich immer wieder, denn Fräulein ekelt sich doch vor jeglichem Schmutz an ihren zarten Pfötchen.

Nur einer ist weit und breit nicht zu sehen. Minouche. Langsam mache ich mir Sorgen, denn er, der Eunuche ist doch immer mitten im Geschehen.

Nach weiteren zwei Stunden ist er immer noch nicht aufgetaucht. Schaue mich im und um das Haus genau um, nichts ist vom Kater zu sehen. Ich mache mich auf die Suche mit Bonita und Joya. Es kann ja gut sein, dass sie ihn aufspüren können.

Als Erstes laufen wir zum Bauern, der nicht weit von unserem Haus seinen Hof hat. Dort hält sich Minouche mit Vorliebe immer frühmorgens auf. Es ist doch möglich, dass er sich dort so satt getrunken und gefressen hat, dass er erst ein Nickerchen abhält.

Doch beim Bauern ist er nicht. Wir wandern über Wiesen und Felder, dort wo Minouche öfters Mauselöcher bewacht. Nein, er jagt keine Mäuse, das ist mit Arbeit verbunden, er bewacht nur. Der Wächter der Mäuse, nennt ihn mein Sohn öfters.

Über Stunden laufen wir uns die Füße platt, kein Minouche in Sicht.

Ich vertröste mich mit dem Gedanken, dass er bestimmt abends nach Hause kommt, wenn ich das Futter für die Vierbeiner und die Samtpfoten anrichte.

Er kommt auch des Nachts nicht nach Hause. Ein komisches Gefühl beschleicht mich.

Ist ihm etwas zugestoßen? Überfahren worden? Vergiftet? Oder in einem Fuchsbau stecken geblieben? Die wildesten Bilder schwirren durch meinen

Kopf. Vor allem komme ich mir hilflos und verloren vor.

Anderntags spreche ich meinen Partner auf das Verschwinden von Minouche an. Er spricht mir Mut zu und macht mir wieder Hoffnung. »Vielleicht ist er in der Nachbarschaft in irgendeiner Garage unabsichtlich eingeschlossen worden. Warte doch noch den Morgen ab, bestimmt kommt er dann hungrig angerannt. Denke positiv«, redet mein Lebenspartner auf mich ein. Leicht fällt es mir nicht, positiv zu bleiben.

Stunden später klingelt es an der Haustür. Eine Nachbarin steht da und trägt Minouche in ein Tuch gewickelt auf ihren Armen. Erkenne sofort, dass etwas nicht mehr stimmt. Das struppige Fell, die stumpfen Augen.

»Wo haben Sie ihn gefunden? Was ist geschehen? War er die ganze Zeit über bei Ihnen?«, stammle ich zur Nachbarin. Fragen über Fragen, ich rede und rede, bis mich die Nachbarin unterbricht.

»Sie sollten sofort mit Ihrem Kater zum Tierarzt. Ich kann Ihnen nicht sagen, ob er innere Verletzungen hat. Ich hörte ihn jammern, bin diesem Geräusch gefolgt und fand ihn bei uns unter einem Schuppen«, teilt sie mir hektisch mit.

Nervös suche ich im Haus die Autoschlüssel. Immer, wenn man es eilig hat, sind Schlüssel unauffindbar. Kaum habe ich die Autoschlüssel in der Hand, hetze ich vor die Tür. Übernehme den verletzten Minouche und lege diesen vorsichtig auf die Rückbank von meinem Wagen. Steige ein, ohne mich von der Nachbarin zu verabschieden oder mich bei ihr zu bedanken. Trete das Gaspedal nieder, ohne darüber nachzudenken, dass ich viel zu schnell unterwegs bin. Es geht doch, so denke ich, um Leben oder Tod. Normalerweise benötige für diese Strecke zum Tierarzt fünfzehn Minuten. In diesem Fall bin ich zehn Minuten später vor der Praxis. Hieve den Kater aus dem Wagen. Er beginnt zu kratzen und gibt Töne von sich, die jedem unter die Haut gehen. Zum Glück ist er immer noch in ein Tuch gewickelt, so kann er mir nicht viel anhaben. Doch ich habe Angst, dass ich ihn durch einen falschen Griff mehr verletzen könnte.

In der Praxis kommt mir die Sprechstundenhilfe entgegen, die wohl per Zufall auf den Parkplatz geschaut hat und mich gesehen haben muss. Sofort werden wir zu Dr. vet. Rüedi gebracht.

Ohne viel Worte zu verlieren kümmert er sich um den Kater. Er untersucht ihn sehr gründlich. Leuchtet in die Augen und Ohren, tastet den gesamten Köper vom Kater ab. Drückt an den Fußballen herum und bewegt vorsichtig die Beinchen. Minouche gibt ab und zu einen Laut von sich, der mir durch Mark und

Bein geht. Der Tierarzt stellt mir immerfort einige Fragen:

»Was ist passiert? Wurde er angefahren? Hat jemand auf ihn eingedroschen? Kann er gehen? Trinkt er?«

Ich bin total überfordert.

»Ich weiß es nicht. Kann Ihnen nicht sagen, was vorgefallen ist. Einen Tag und eine Nacht war er wie vom Erdboden verschluckt. Alles Rufen und Suchen hat nichts gebracht. Bis heute die Nachbarin mit Minouche auf den Armen vor der Haustür stand«, antworte ich aufgewühlt.

Die Arzthelferin kommt in den Behandlungsraum und bringt den Kater weg.

»So, Minouche wird nun geröntgt, um sicherzustellen, dass er keine Brüche oder inneren Verletzungen aufweist. Machen Sie sich keine Sorgen, er ist in den besten Händen«, tröstet mich Doktor Rüedi.

Banges warten, hoffen, die Zeit vergeht wie in Zeitlupe. Ich spüre jeden Muskel und Knochen in meinem Körper. Leide mit dem Kater. Ohne dass ich es merke, rinnen mir Tränen über die Wangen.

Der Kater wird wieder zurückgebracht, der Arzt schaut sich die Bilder genau an. Ich kann auf solchen Schwarz-weiß-Aufnahmen nie etwas erkennen. Mache mir deshalb große Sorgen, wenn ich dunkle Flecken erkenne.

»Kommen Sie, Ellen. Schauen Sie sich das an. Es sieht schlimmer aus, als es in Wirklichkeit ist. Ihr Kater hatte Glück im Unglück. Er wurde wohl angefahren, touchiert. Hier sieht man es ganz genau, er hat außer einigen schmerzhaften Verstauchungen und Quetschungen, keine verletzten Organe. Werde ihm nun eine schmerzstillende und eine entzündungshemmende Spritze machen. Ich gebe Ihnen Schmerzmittel mit. Achten Sie darauf, dass er seine Ruhe hat. Nicht herumspringt. Solche Verletzungen sind schmerzhaft und es dauert geraume Zeit, bis alles wieder verheilt ist. Doch Katzen sind sehr zäh«, klärt mich der Veterinär auf.

Etwas ruhiger trete ich die Heimreise an. Versichere mich die ganze Fahrt über, dass Minouche nicht von der Rückbank fällt. Das Schmerzmittel scheint zu wirken, denn er verhält sich reger, als auf der Fahrt zum Arzt.

Zuhause angekommen werden wir von Bonita, Joya, Tiger und Fräulein, die sich immer noch im Garten aufhalten, freudig begrüßt. Es macht es mir fast unmöglich, Minouche unter diesen Umständen sicher ins Haus zu tragen.

Die Nachbarin kommt mir abermals zur Hilfe. Sofort möchte sie alles wissen: »Was hat der Tierarzt gesagt? Wie geht es dem Kater? Ist alles in Ordnung?«

Ich bitte die Nachbarin ins Haus. Als Minouche an einem sicheren Ort untergebracht ist, setzen wir uns an den Tisch. Zu unseren Füssen die Vierbeiner. Tiger und Fräulein liegen auf dem Katzenbaum.

Jetzt kann ihr alles haarklein erzählen. Bedanke mich herzlich für ihre Hilfe, die nicht selbstverständlich ist. Nicht alle hier im Dorf sind Tierliebhaber. Sie nimmt mir das Versprechen ab, dass ich sie auf dem Laufenden halten soll.

Wochenlang wird Minouche von uns allen abwechslungsweise gepflegt. Er erhält nur die besten Leckereien. Von Leberpastete und Thunfisch bis hin zu Rindfleisch und Sardinen. Er wird verwöhnt, nein, er wird mehr als nur verwöhnt. Verhätschelt wird er. Er lässt seine anderen tierischen Mitbewohner nicht zu nah an seine Pflegestation, sein ›Krankenlager‹ heran. Minouche scheint es zu genießen, dass ihm so viel Anteilnahme zuteil wird. Er, der doch voll im Mittelpunkt steht, der arme Schwerverletzte. Nach Wochen scheint es ihm besser zu gehen, doch er nützt seine Situation mehr als nur aus. Da ein jeder im Haus ihm jeden Wunsch von den Augen abgelesen hat, er weder springen noch irgendwo hinauf hechten durfte, hat man ihn getragen. Hochgehievt, wo immer er hin wollte. Nun, da er eigentlich längst wieder sich selbst bewegen könnte, sitzt er da, blickt mich hilfesuchend an und scheint darauf zu warten, dass ich ihn herumtrage.

Soll ich mir eine Sänfte zulegen, damit ich dem Eunuchen gerecht werde? Stelle es mir vor, wie ich ihn, wie einst Cleopatra, durch den Garten trage. Seine Bediensteten stehen allzeit bereit. Er mit frischem Fisch gefüttert wird. Sich lässig in die samtweichen Kissen fallen lässt. Sein dickgefüllter Bauch zeugt davon, dass er gut im Futter ist. Das Gefolge Bonita, Joya, Tiger und Fräulein, die mit Palmwedeln jegliche Fliegen oder andere Insekten von ihm fernhalten. Er, der Genießer in der Sänfte, nach Leberwurst verlangt. Befiehlt, dass er sich im Schatten vom Apfelbaum niederlassen möchte.

Ich erwache aus meinem Tagtraum, da sein Miauen nicht mehr zu überhören ist. »Ich werde dich morgen zum Tierarzt fahren und hören, wie schlecht es dir noch geht«, rede ich auf den Kater ein. Ob er mich verstanden hat, weiß ich nicht. Doch seine Reaktion, als ich ihn auf den Fliesen abstelle? Er marschiert, so als sei nie etwas gewesen, in Richtung Haustür. Miaut laut, seine Schnurrhaare bewegen sich im Takt. So sitzt er nun da und möchte in den Garten ... ›Simulant‹, denke ich mir. ›Hast uns alle wohl die letzten zwei Wochen an der Nase herumgeführt. Na, warte.‹

Minouche glaubt nun wirklich, dass er sein Gehabe fortführen kann. Da hat er die Rechnung jedoch ohne uns gemacht. Wir fallen nicht mehr auf seine Tricks herein.

Wir kümmern uns um die anderen Mitbewohner, die in der Zeit, als Minouche verletzt war, viel zu kurz kamen.

Bonita und Joya belohne ich mit mehreren Stunden Spaziergängen quer durch den Wald. Die uralten Militärbunker aus der vergangenen Kriegszeit haben es uns angetan. Ein wahres Labyrinth an Bunkern, Küchen und Gängen. Schon, als mein Sohn noch zur Schule ging, hat es uns oft hierher verschlagen. Spannend war es für den Jungen. Mutprobe, nannte er das, wenn er damals mit Piggy durch das Labyrinth mit einer Taschenlampe bewaffnet loszog. Nur vereinzelte Schlitze einen Lichtstrahl in einen der Tunnel warf.

Dort gibt es viele Möglichkeiten, sich zu verstecken, damit Bonita und Joya mich oder uns suchen können. Es soll ja immer spannend und lehrreich für die Hunde sein ...

Bis etwas Unvorhergesehenes geschieht. Ich erschrecke mich so, dass ich die Leinen der Hunde fallen lasse. Bonita und Joya unter lautem Gebell losspurten. In einigen Metern Entfernung steht ER vor mir. Fürchterlich sieht er aus. Wie ein Mensch aus einer anderen Welt. Ist er einem Fantasy-Film entsprungen? Es muss ein Mann von kräftiger Statur sein. Seine Kleidung, braun, grau, grün, schwarz gefleckt. Sein Gesicht ist nicht zu erkennen, versteckt sich hinter einer Maske, die wohl dazu dient, dass der Mann atmen kann.

Ich bleibe wie angewurzelt stehen, meine Hunde hingegen, rasen auf den Typen los. Bleiben dann aber ungefähr einen Meter vor der Gestalt stehen. Sträuben ihr Fell, knurren und bellen weiter. Rufen kann ich nicht, meine Stimme versagt. Der Typ vor mir gibt Laute von sich, die ich nicht verstehen kann oder nicht möchte. Das tönt so, als hätte er eine Stimmverzerrung eingebaut. Dumpf von weit her. Was mir das Individuum sagen möchte? Ich verstehe es nicht.

Endlich lüftet der Typ seine Maske und schreit los: »Nehmen Sie Ihre Hunde an die Leine. Los, machen Sie schon. Bevor etwas passiert.«

Jetzt erst erkenne ich, wer da hinter der Tanne hervorgetreten ist und mich so erschreckt hat. Ein Rekrut in voller Militärmontur. Das die Schweizer Armee just in diesen Tagen hier bei uns im Waldgebiet eine Übung mit einigen jungen Rekruten abhält, konnte ich nicht ahnen.

»Haben Sie das Schild nicht gesehen? Dort ist doch aufgeführt, wann und wo unsere Übungen stattfinden. Wir sind zwei Tage hier im Waldgebiet unterwegs und müssen den ›Feind‹ ausfindig machen«, erklärt mir nun der junge Soldat. Wer denkt denn schon bei einem harmlosen Spaziergang mit den beiden Vierbeinern an den Krieg? Bonita und Joya wagen einen Schritt in Richtung des jungen Soldaten. Er kramt in seinen verschiedenen Taschen an seiner Tarnuniform. Zückt etwas, das in buntem Papier eingewickelt ist.

»Beißen Ihre Hunde? Darf ich den beiden ein Militärbiscuit geben? Nicht dass Ihre Hunde von nun an vor jeder Uniform Angst haben«, fragt mich lachend der junge Mann.

»Nein, die Hunde beißen nicht. Ausnahmsweise dürfen Sie Bonita und Joya bestechen«, lache ich zurück.

Die Hunde freuen sich über das Überraschungs-Leckerli.

»Wissen Sie, normalerweise bleibe ich mit den Hunden auf dem Waldweg. Warum ich ausgerechnet heute einen anderen Weg eingeschlagen habe, kann ich Ihnen nicht sagen. So konnte ich auch das Plakat am Eingang zum Waldgebiet nicht sehen. Das im gesamten Waldgebiet Bunker aus dem Zweiten Weltkrieg verteilt sind, ist mir bekannt. Ein Spielplatz für Jung und Alt. Doch, dass diese immer noch zu Übungszwecken benutzt werden, davon wusste ich nichts. Im Dorf sieht man ja immer noch die Überreste von einigen Panzersperren neben der Hauptstraße. Nun lassen wir Sie und Ihre Kollegen weiter üben, nicht das Ihr Vorgesetzter noch eine Suchmeldung für Sie aufgibt«, verabschiede ich mich lachend.

Es wird wohl besser sein, die nächsten Ausflüge mit den Vierbeinern an den nahen Bach zu unternehmen. Wir laufen denselben Weg, den wir gekommen sind, zurück zum Haus.

Daheim angekommen spüre ich es sofort. Etwas ist nicht wie sonst ...

Tiger und Fräulein liegen wie so oft an ihren Lieblingsplätzen im Garten. Minouche ist nicht zu sehen. Ein Bauchgefühl sagt mir, dass ich mich umgehend auf die Suche nach Minouche machen sollte. Zuerst reinige ich die Pfoten von Joya und Bonita, danach bürste ich ihr Fell sauber von Tannennadeln,

›Klebläusen‹ von den Büschen und anderen Waldrückständen. Öfters als mir lieb war, haben sich die Vierbeiner im Wald auf dem weichen, feuchten Waldboden gewälzt. Das sich danach einiges in deren Fell wiederfindet, versteht sich von selbst ...

Die abermalige Suche nach Minouche beginnt. Nun kenne ich mittlerweile einige Verstecke mehr, die dem Eunuchen gefallen.

Ich finde ihn tatsächlich, doch wie ich ihn vorfinde, gefällt mir überhaupt nicht.

Er atmet schwer, keucht mehr, als das er atmet. Ich öffne sein Maul, um nachzusehen, ob sich ein Fremdkörper im Rachen verfangen hat. Finde nichts. Erschrecke, als ich die blaue Zunge von Kater erkenne. Ich muss umgehend handeln.

Wie er mich anblickt, so, als würde er mich anklagen: »Wo warst du solange? Hilf mir.«

Sofort packe ich ihn, spurte zurück in unseren Garten. Ab ins Haus, schnappe mir Handy und Autoschlüssel und spurte wieder zu Minouche. Hieve ihn hoch, trage ihn zu meinem Wagen. Auf der Rückbank mache ich ihm ein bequemes Lager, sodass er nicht herunterfallen kann. Fahre los, als sei der Teufel hinter mir her. Dass man am Steuer nicht telefonieren darf, ist mir in diesem Moment so was von egal. Ich rufe Doktor Rüedi an. Erkläre kurz, was los ist, lege wieder auf und trete das Gaspedal noch weiter hinunter.

Viele Gedanken schwirren durch meinen Kopf. Ist nicht des Bauern Katze angeschossen worden? Der Hund einer Bekannten vergiftet worden? Treibt sich ein Tierhasser im Dorf herum? Je nervöser ich werde, umso mehr trete ich auf das Gaspedal ...

Als ich auf dem Parkplatz der Kleintierpraxis ankomme, werde ich bereits erwartet.

»Kommen Sie, der Behandlungsraum 1 ist frei. Der Tierarzt kommt sofort«, ruft mir die Sprechstundenhilfe entgegen.

Behutsam trage ich den keuchenden Minouche die drei Stufen zur Praxis hinauf. Wie ein Häufchen Elend liegt er in meinem Armen. Ich habe furchtbare Angst, dass er mir auf dem Weg zum Tierarzt in den Armen wegstirbt.

Es ist mir bewusst, dass ich nicht die Einzige bin, die mit ihrem kranken oder verletzten Haustier Hilfe vom Arzt möchte.

Mir kommt es so vor, als warte ich schon eine halbe Ewigkeit, bis die Vertretung von Dr. Rüedi den Behandlungsraum betritt.

Sie begrüßt mich mit den Worten: »Berichten Sie mir kurz, was passiert ist. Was fehlt der Katze?«

Erkläre der Tierärztin, wie ich den Kater vorgefunden habe. Erzähle ihr auch von den Vorkommnissen im Dorf. Dass ich vermute, dass ein Tierhasser sein Unwesen treibt. Vom angeschossenen Kater, den Giftködern, die ein Hund bereits gefressen hat.

Die Veterinärin hat bereits mit der Untersuchung von Minouche begonnen, der bei Weitem nicht damit einverstanden ist, dass eine Fremde sich seiner annimmt. Sie schüttelt immer wieder den Kopf. Schaut sich ein weiteres Mal das Maul von Minouche an. Hört ihn mit dem Stethoskop immer wieder ab. Drückt am Hals und in der Kiefergegend herum. Schüttelt den Kopf und gibt der Tierarzthelferin zu verstehen, welche Spritze diese bereit machen soll.

Sie hebt die Haut im Nacken vom keuchenden Kater an und setzt die Spritze dort an. »Die blaue Zunge und diese Atembeschwerden, die bei Ihrem Kater plötzlich aufgetreten sind, da kann eine Vergiftung die Ursache sein. Hat der Kater erbrochen«, fragt sie mich.

»Ich habe nicht gesehen, ob er erbrochen hat. Als ich ihn fand, saß er nur apathisch da und keuchte. Konnte kaum atmen. Ehrlich gesagt, habe ich nicht darauf geachtet«, gebe ich kleinlaut zu.

»Eine Probe vom Erbrochenen wäre eine große Hilfe für uns gewesen. Ein wenig des Erbrochenen in eine Tüte hätte gereicht, damit hätten wir untersuchen können, welchen Stoff das Tier geschluckt hat und hoffentlich ein Gegenmittel verabreichen können.

Katzen mit Vergiftungserscheinungen müssen sich meistens erbrechen. Dazu kommen eventuelle Krämpfe und Gleichgewichtsstörungen. Wie Ihr Kater wirken sie apathisch. Stehen oft unter Schock. Es kann sich aber auch um die Schilddrüse oder Asthma handeln«, klärt mich Frau Doktor auf.

Minouche geht es zusehends schlechter. Er kämpft um Luft. Droht zu ersticken. Verdreht seine Augen, möchte sich erheben, taumelt und fällt wieder hin. Zuckt mit den Pfoten. Er leidet Höllenqualen. Ich kann nicht länger zusehen.

»Machen Sie doch etwas. Er erstickt doch. Unternehmen Sie etwas«, schrei ich herum.

»Hat er überhaupt noch eine Chance? Wird er sich erholen? Tun Sie endlich etwas.«

Wie eine Furie schreie ich herum. Die Ärztin versucht, mich zu beruhigen, was ihr jedoch nicht gelingt.

»Wir brauchen Geduld, es kann sein, dass die Spritze in fünf Minuten wirkt. Wenn nicht, sollten wir ihn erlösen.«

Fünf Minuten, die endlos lang sein können. Für den armen Minouche müssen diese Minuten die Hölle sein. Er ringt immer wieder nach Atem. Ein Kampf, den er verlieren wird.

Ich kann das nicht mehr mit ansehen und entscheide. Der Kater ist vierzehn Jahre alt und er leidet. »Lassen Sie es gut sein. Erlösen Sie ihn. Ich lasse keines meiner Tiere leiden«, spreche ich plötzlich ganz ruhig zur Veterinärin.

Sie handelt sofort und man sieht es ihr an, sie ist sichtlich erleichtert. Die Infusion ist rasch im Beinchen, das ›Mittel‹ wird reingespritzt. Sie lässt mich, in seinen letzten Minuten, alleine mit meinem Kater.

Ich begleite Minouche in seinen ewigen Schlaf. Streichele über sein Fell. Spüre, wie alle seine Muskeln schlaff werden. Er sich entspannen kann, ohne Angst, ersticken zu müssen. Ein letzter Blick von Minouche, der mir verrät, dass ich richtig gehandelt habe. Langsam verliert er das Bewusstsein und schläft friedlich ein. Nun kann ich mich nicht mehr zurückhalten. Meine Tränen fließen und netzen sein Köpfchen, das mir im Moment so zierlich vorkommt. Kann mich kaum mehr fangen. Ich kann mir ein Leben ohne diesen Kater kaum vorstellen. Was für eine Bereicherung er für uns alle war. Wie oft er uns und andere erheitert hat. Ich kämpfe mit meiner Beherrschung. Wie ein Film sehe ich alles vor mir.

Minouche, wie er als Ragdoll-Baby, plötzlich in mein Leben trat. Wie oft nicht nur ich Kratzer eingefangen habe. Wie zuweilen wir alle schallend lachen mussten, ob seinen Auftritten. Seine Marotten, die mir nun auf einmal so harmlos vorkommen. Ich weiß, dass ich diesen Kater mehr als nur vermissen werde.

Die Ärztin betritt den Behandlungsraum und reißt mich aus meinen Erinnerungen. Sie erkennt sofort, dass ich geweint habe.

»Nehmen Sie sich die Zeit, die Sie brauchen. Es ist keine Schande um seinen Liebling zu weinen. Die Jahre, die er bei Ihnen verbracht hat, sollen Sie immer in Ihrem Herzen tragen. Eines ist jedoch gewiss, leiden muss der Kater nun nicht mehr. Glauben Sie mir, Sie haben die richtige Entscheidung getroffen. Denn ein Erstickungstod ist sehr grausam. Haben Sie sich überlegt, was nun mit dem Kater geschehen soll?«

»Ich würde Minouche gerne mit zu mir nach Hause nehmen«, kann ich mit heiserer Stimme antworten.

Die Ärztin stimmt zu, schaut mich aber mahnend an.

So fahre ich eine Stunde später gemächlich nach Hause. Meine Tränen verschleiern die Sicht auf die Fahrbahn. Ich schluchze, heule hemmungslos. Hier in meinem Wagen hört mich niemand. Immer wieder halte ich am Straßenrand an, gucke zu Minouche, der mit einem Tuch zugedeckt auf der Rückbank liegt. Steige aus und setze mich neben ihn. Streichele ihn weinend und ringe mit meiner Fassung. Zweifel überkommen mich. Habe ich richtig gehandelt?

Hätte er nicht noch einige schöne Jahre mit uns verbringen können? Wäre er wirklich erstickt? Habe ich zu rasch aufgegeben? Mein Kopf beginnt zu hämmern, die Augen brennen. Meine Hände zittern und mein Herz weint mit.

Mein Mobilfunktelefon reißt mich mit seinem Klingelton in die Realität zurück. »Wo bist du? Wir suchen dich schon eine geraume Zeit. Dein Handy war aus. Sag mir, wo steckst du?«, fragt mich mein Partner mit besorgter Stimme.

»Bin in zehn Minuten bei dir. Erkläre dir zu Hause alles«, antworte ich kurz angebunden.

Es blieb mir nichts anderes übrig, als weiterzufahren. Auf dem Parkplatz vor dem Haus werde ich bereits erwartet. Ich sehe es meinem Freund an, dass er sich große Sorgen gemacht hat. Er tritt an den Wagen und sieht es.

»Was ist passiert? Was ist mit Minouche? Warst du beim Doc mit ihm? Sag schon, was ist passiert«, hämmert er auf mich ein. Wieder kann ich meine Tränen nicht zurückhalten. Lüfte das Tuch, unter dem Minouche liegt, sodass der Blick auf den Kater frei wird.

Er erkennt sofort, dass Minouche nicht mehr lebt. Nach weiteren Minuten finde ich meine Stimme wieder und erkläre ihm ganz genau, was vorgefallen sein muss.

Wir schauen uns nur an und wissen beide, was zu tun ist. Mein Lebenspartner trägt den Kater in den Garten, legt diesen auf die Gartenbank. Sofort kommen Bonita, Joya, Tiger und Fräulein und beschnuppern ihren Kumpanen.

Es sieht so aus, als würden sie sich einzeln von ihm verabschieden. Sanft stupst Joya Minouche an. Sie scheint zu weinen. Sitzt danach nur da und blickt ihn an. Bonita leckt kurz über den Kopf vom toten Kater und legt sich vor die Gartenbank. Tiger und Fräulein hechten auf die Bank und leisten Minouche Gesellschaft. Dieses Bild werde ich wohl niemals vergessen. Gemeinsam trauern sie um ihren Freund. Kann das wirklich sein? Können Hunde und Katzen den Verlust eines Freundes beklagen?

Wir beerdigen Minouche an derselben Stelle, wo auch Maudi seine letzte Ruhestätte gefunden hat. Unter der Gartenbank.

Keine sechs Wochen später, vermissen wir Fräulein. Wir haben alles versucht, die Katze wieder zu finden. Tagelang die Umgebung abgesucht. Plakate entworfen und verteilt. In Geschäften aufgehängt. Sie bleibt verschwunden. Immer mehr kommt uns der Verdacht, dass sich ein Tierschänder im oder in der Umgebung von unserem Dorf aufhalten muss.

Es werden Katzen vorgefunden, deren Augen so stark verletzt sind, dass die Katzen erblinden. Hunde, die Köder gefressen haben und sich dabei die Kehle so stark verletzt haben, dass nur eine Notoperation helfen konnte. Fleischköder, in denen man Rasierklingen eingearbeitet hat. Giftköder und solche, die mit Nägeln bestückt waren. Diese Vorfälle wurden der Gemeinde sowie der Polizei gemeldet. Es wurden viele Anzeigen gegen ›Unbekannt‹ aufgegeben, doch bis heute hat man den oder die Typen nicht gefasst. Wir müssen uns mit dem Gedanken befassen, dass auch Fräulein einem solchen Tierquäler zum Opfer gefallen ist. Diese Ungewissheit macht uns allen zu schaffen. Wüssten wir, was geschehen ist, könnten wir damit abschließen, doch so. So hofft man täglich, dass die Katze nach Hause kommt. Über einen Monat haben wir immer wieder daran geglaubt, dass Fräulein wieder nach Hause findet. Doch dann, eher per Zufall, als wir wieder einmal mit den beiden Vierbeinern im Wald unterwegs sind, finden wir sie. Das Bild geht mir bis heute nicht mehr aus meinem Kopf.

Unser Fräulein, die Katze, die sehr scheu, ja gar ängstlich gegenüber Fremden war, liegt tot, unter einem Baumstrunk. Ein Anblick, bei dem nicht nur mir übel wird, als wir sie so geschändet auffinden. Auch sie hat es verdient, dass wir sie mitnehmen und sie bei ihren Artgenossen beerdigen. Es ist uns allen bewusst, dass diese Vorgehensweise in der Schweiz verboten ist. Doch solange Tierquäler nicht härter bestraft werden, ist mir das egal.

Wie kann ein Mensch so grausam sein? Was geht in solchen Kreaturen vor? Wie sollte man solche Tierquäler bestrafen? Was unternimmt die Gemeinde und die Polizei? Nichts, denn ohne einen Hinweis auf den oder die Täter, kann man auch nichts unternehmen.

Tiger sucht nun mehr und mehr die Nähe von Joya. Unzertrennlich werden die beiden.

Für uns ist die Zeit nun reif, unseren Traum wahr zu machen. Wir verkaufen das Haus und treffen die Vorbereitungen, um auszuwandern.

Ende Teil 2

Nachtrag

Eine Danksagung geht an meinen geliebten, verstorbenen Mann. In ewiger Erinnerung an einen lieben Mann und Vater, der uns viel zu früh genommen wurde.

Herzlicher Dank geht natürlich an meinen geliebten Sohn, der trotz all den Missständen zu mir hält.

An meinen verständnisvollen jetzigen Lebenspartner.

In Erinnerung an meine geliebte Hündin ›Piggy‹.
Eine unvergessliche Hündin. Maudi, Minouche, Fräulein, Tiger und all die anderen Vierbeiner, auch euch kann und will ich nie mehr vergessen.
Ganz klar ein Dankeschön an meine Samtpfoten und meine Vierbeiner, die mich immer wieder auf Trab halten.

An meine langjährige Freundin Claudia, ohne die ich oft verzweifelt wäre. Mir mit Arbeit und Ablenkung zur Seite stand in ihrem Hunde-Ferien-Heim ›Chutzewäldli‹.

Meine langjährige Bekannte und mittlerweile gute Freundin Monika Winkemann mit Ihren schönen Laden ›Moni's Hunde und Katzenstübli‹.

Der Kleintierpraxis Med. Vet. Doktor Rüedi in Laupen:
Er, der alle unsere Hunde und Samtpfoten gewissenhaft und mit sehr viel Tierliebe, behandelt hat.

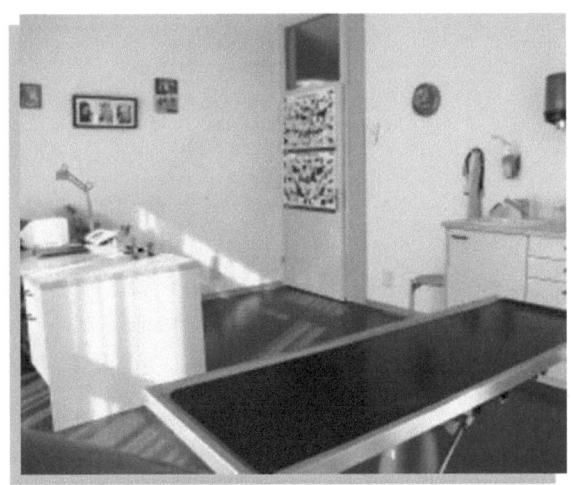

Der Künstler-und Malerin, die die Hunde- und Katzen-Porträts gemalt hat. Für die persönliche Zustimmung der Benutzung der Cover-Bilder:
   https://www.facebook.com/Tierportraits-Helga-Fiedler-142694749221340/timeline

Über die Autorin

Ihr allererstes Buch schrieb Ellen Rot 1983 für ihren Sohn, illustrierte es selbst mit Zeichnungen. Geschichten nur für ihn.

1986 erhielt sie die Möglichkeit, Kurzgeschichten für verschiedene Katzen-Magazine zu schreiben. Von diesem Moment an spürte sie, dass Schreiben zu einer Leidenschaft wurde. Ellen Rot schreibt ausschließlich reale Geschehnisse aus ihrem Leben. Sie sagt, das wahre Leben schreibt die allerbesten Geschichten.

Am 25. Mai 2015 ergab sich für sie die Gelegenheit bei der Anthologie: ›Vergessene Flügel - Teil 1‹ mitzuwirken. Sechzig Autoren schreiben gemeinsam einen Thriller.

2015 entstand nach ihrer Auswanderung in die Karibik das Buch ›Die sagenumwobene Insel‹.
ISBN 978-3-7386-4399-2
Ellen Rot beschreibt die Karibik, Mythen, Zauber, Kuriositäten, Sehenswürdigkeiten.

2016 das Buch: ›Ab auf die Insel mit Sack und Pack‹.
ISBN 978-3-7392-1193-0

Die ersten Erlebnisse als Zuwanderer auf der Sonneninsel. Heiter, komisch und doch so real wie möglich.

2016 schrieb sie über die Erlebnisse mit ihren Vierbeinern das Buch ›Meine Freunde auf vier Pfoten - Teil 1‹.
ISBN 978-3-8423-3657-5
Erst eins, dann zwei und zum Schluss einen ganzen Haufen ... Tiere.

Weitere Informationen finden Sie unter
http://www.autorin-ellen-rot.info/